长篇情感小说

楚家燕

JiayanChu

费西儿 著

新华出版社

图书在版编目（CIP）数据

楚家燕 / 费西儿著. -- 北京 : 新华出版社，2022.11
ISBN 978-7-5166-6225-0

Ⅰ. ①楚… Ⅱ. ①费… Ⅲ. ①长篇小说—中国—当代 Ⅳ. ① I247.5

中国版本图书馆 CIP 数据核字（2022）第 045832 号

楚 家 燕

作　者：费西儿

责任编辑：贾允河　　　　　　　封面设计：华兴嘉誉

出版发行：新华出版社
地　　址：北京石景山区京原路 8 号　　邮　　编：100040
网　　址：http://www.xinhuapub.com
经　　销：新华书店、新华出版社天猫旗舰店、京东旗舰店及各大网店
购书热线：010-63077122　　　　中国新闻书店购书热线：010-63072012

照　　排：华兴嘉誉
印　　刷：三河市君旺印务有限公司

成品尺寸：148mm×210mm
印　　张：6.25　　　　　　　　　字　　数：151 千字
版　　次：2023 年 1 月第一版　　　印　　次：2023 年 1 月第一次印刷
书　　号：ISBN 978-7-5166-6225-0
定　　价：28.00 元

版权专有，侵权必究。

这个故事发生在20世纪80年代末至90年代末的中国天津。楚家燕是楚军长和楚太太的第三个孩子。家燕有一个哥哥家豪和一个姐姐家卉。父母最宠爱家燕。楚太太为家燕请了一位小提琴老师，5岁开始学习小提琴。家燕快高中毕业时，在父辈的一个新春团拜会上，空军政委的儿子李援朝对楚家燕一见钟情。而家燕对楚军长身边新上任的警卫员查晓潮……

时间：晚上，已是很晚了。

地点：一个小渔村。

有小提琴声从海边传来，是舒伯特的《小夜曲》。

有一个人走在渔村通向海边的一条小路上，是一个男人的背影。他来到了海边，在海边的一个岩石上，他坐在了一个女子的身旁，他把他的外套披在了她的身上。

琴声停住了。她靠在了他的肩上。

The man：好久你都没有碰过琴了，想家了？

The lady：天天都在想！

The man：我知道。

楚 家 燕
Jiayan Chu

新春团拜

大年初一的上午临近中午时间。天津市的街道上车辆不多。天津市的一个招待所的大门处，一会儿一辆小轿车一会儿一辆小轿车进入，然后，都在一个别墅般的三层楼前停住，来宾下车进入楼内。

楚军长的车到了。

楚军长的警卫员从副驾驶的座位上下来，为首长打开车门。与楚军长一同下车的还有家燕。

楚军长：家豪说什么时候来？

警卫员：家豪应该已经先到了，可能已经在三楼二号厅等候了。孩子们都在二号厅。

楚军长：知道了。谢谢！

一号客厅内

多位首长已经先到了。一号客厅内喜气洋洋，来宾们相互拜年，问候，聊天，相互打趣，笑声不断。

看楚军长进来了，原本在聊天的军官们都转过身来："楚军长，新年好！"

楚军长：好久不见了。

楚军长边说边同各位一一握手。"新年好！""新年好！""新年好！"……

最后握手的是从唐山赶过来的空军李政委。楚军长和李政委相互拜完年后，李政委问："这位是？"

楚军长：这位是我们家老三家燕。家燕，给叔叔伯伯们拜年！

家燕：叔叔伯伯们新年好！

李政委：这是家燕？我还在想这是不是家卉。家燕都长这么大了？我记得几年前见到家燕，她还很小呢。

楚军长：你和邵华上次来天津，家燕上初二，现在马上就要高中毕业了。家燕，快叫李伯伯。

家燕：李伯伯新年好！

李政委伸手同家燕握手，并说：家燕新年好！长这么高了！你哥哥和姐姐呢？没有一起来？

家燕：问我爸爸吧！都是爸爸安排。

楚军长：家卉自己要留在家里帮妈妈准备晚饭，家豪应该已经在二号厅了。你们家谁来了？

李政委：致军和他媳妇从北京过来的，援朝同我们一起从唐山过来的。我们昨天到的，都住在赤峰道孩子的姨妈家。致军和他媳妇说要留在家里陪长辈们打牌。老二援朝来了，他本来也想留在家里，是我命令他今天和我一起来参加今天的新春团拜。他刚才在这里给长辈们拜完年就去二号厅了。

楚军长：等会儿叫孩子们一起过来。

家燕：爸，我也去二号厅。

楚军长：去吧！

二号客厅内

家燕快走到二号厅时，二号厅内传出了哈哈大笑的声音。

家燕边敲门边自言自语：简直是八大金刚的笑声！

家豪：进来！

家燕进入，一看坐在厅内沙发上的只有七位，说道：原来只是七大金刚呀！三位军人四位老百姓。

其中一位"金刚"回复说：这位妹妹也是老百姓吧。那就一共五位老百姓。

家燕：我不是百姓。我是楚姓。

家豪：家燕，我来为你介绍在座的各位：费鹏阳、董磊、李援朝、罗中华、姚凯旋、韩建军。

每一位在自己被介绍到时，都会向家燕举起手中的酒杯以示问候。

介绍完小伙伴们，家豪说：最后向大家介绍的是我老妹楚家燕。家燕，在座的无论是军人还是老百姓都比你年长，你给在座的哥哥们拜个年吧。

家燕：哥哥们新年好！恭喜发财！红包拿来。

家豪：拜年就拜年，还为难大家。明年他们都不敢来了。

李援朝：楚家豪，你不要损坏我们的光辉形象好不好？家燕，我的红包给你。

家豪：哎——别介，同辈之间不兴给红包。今天红包一人一份，都是长辈们准备的。家燕，你的那份在那边的桌上，自己去拿吧。

家燕：太好了！看样子今天是来对了！

家燕说着还做了一个胜利的手势。

家燕走过去拿了一个红包还嘀咕了一声：新年好，红包包！

家豪：家燕，别只顾着你的红包了。来，我给你正式介绍一下我小时候的哥们儿李援朝！你见过的。

家燕：你好，李大哥！

家豪：他不是李大哥，他是李二哥。援朝你还认得出家燕吗？

援朝：小时候应该是见过的。如果现在在路上碰到，会认不出来。可以嫁给我吗？

家豪：哎——别因为你是李二哥，就可以"二"。说正经的，别乱开玩笑哦。你这样，我老妹明年不敢来了。家燕还在读高中呢。

援朝：我可以等。

家燕：不理你们。我还是去爸爸那边。

援朝：我也去老爸那边。

家豪：吃饭的时候别忘记叫我们一声。

援朝同家燕一起离开了二号厅。他们一起来到了一号厅。

一号厅

援朝：报告！

里面应声：进来！

援朝和家燕一起进入。家燕走到了爸爸的身边，站在了爸爸的身旁，搂住了爸爸的胳臂，把手中的红包在爸爸的眼前晃闪了一下，然后在爸爸的耳边轻声说了一句："谢谢爸爸！"楚军长笑着回复："不客气！"

李政委：援朝，楚叔叔刚到，快过来给你的楚叔叔拜年！

援朝给楚军长敬了个礼！并说：楚叔叔新年好！

楚军长：哇，李——援——朝！长大了哦。像是一名中国人民解放军的军官了。

援朝：不是像，是一名真正的中尉。李中尉向楚军长报到，李中尉给楚军长拜年！

楚军长：好，好，新年好，李中尉！老李，我们都老了。

李政委：你老了，我还没有老呢。我还可以再跨过鸭绿江。

楚军长：你再跨过鸭绿江去干什么呀？

李政委：吃一顿正经的朝鲜饭菜。抗美援朝时，从没有好好吃过一顿像样的朝鲜饭。

楚军长：今天让食堂专门给你做一份石锅拌饭和一份辣白菜，新年新愿望，美梦今成真。祝我们李政委今年一年万事如意！

李政委：谢谢楚军长！各位，我建议我们一起举杯，大家干一杯。

各位异口同声：新年好！干杯！

一警卫员敲门

楚军长：进来！

该警卫员：请首长们去餐厅用餐。

楚军长：好，就来！

大家随楚军长走出一号客厅。边走边笑，谈笑风生。援朝和家燕跟着长辈们也走出了一号厅。来通知的警卫员又去二号厅通知"孩子"们去餐厅。这些"孩子"凡穿戎装的都是从不同的军事院校毕业的年轻的军官，有一位也才刚毕业，没有穿戎装的有的在地方刚刚开始工作，有的还在地方院校学习。他们今天也都是跟随在一号厅里来新春团拜的将军级的父亲们来参加新春团拜活动的。

睦南道 楚军长家 大年初三 一大早

楚军长已经坐在客厅看报纸了。楚太太在准备早餐。

楚太太：老楚，早餐好了。家卉、家燕，早餐好了。快点哦。

早餐席间

楚军长：噢，这里通知一下大家，警卫员小梁喜欢医务工作，春节后军里的卫生员培训班开学，我让他去参加培训。所以今天由查晓潮接替梁健伟的警卫工作。一会儿你们能见到他。

家燕：Zha Xiao Chao？姓Zha？什么Zha？

楚军长：字是检查的查，但在百家姓中，念Zha。

家燕：这个姓挺特别的。

楚太太：有什么特别的？

家燕：我们班上的同学没有姓"查"的。

楚太太：这就特别啦？

家燕：是的，挺特别的！

家卉：井底蛙。

家燕：哼，井顶蛙。

家卉：妈，今天晚上我不在家吃饭。

楚太太：去哪里吃饭？

家卉：一会律学识来给你们拜年和我们一起吃午饭。下午我和他一起去他家，在他家吃晚饭。

楚太太：很好！但不要太晚回来。

家卉：我同律学识在一起，妈妈还担心啊？他好不容易今天请了一天假。他们警备区每逢春节就特忙，明天我也要回医院值班去了，我是初一和初三两天轮休。

楚军长：好，晚回来没有关系，反正学识会送你回来。不过今天中午学识要陪我喝酒。

家卉：当然，爸爸！学识今天来吃午饭就是来陪您喝酒的。

午餐时间

爸爸、妈妈、家卉、学识、家燕都就坐了。楚家的餐桌是大长方形的实木餐桌,有些古色古香。楚军长坐在餐桌一端爸爸专座上。

门铃响了。

楚太太:是家豪和朱丽叶。

警卫员为他们开了门。家豪同警卫员相互问候了一下,同朱莉叶一起上楼来了。

家豪:欸,换人了。开门的不是小梁。新来的?还挺帅的。

楚太太:家豪你和朱丽叶怎么来的?

家豪:我们坐公交车过来的。

楚军长:对了,我要为大家介绍一下新来的警卫员。家豪你去叫小查。

家豪:小查?

楚军长:是的,小查。

家豪转身下楼,同警卫员一起上来了。

楚军长:我来为大家介绍一下,这是新来的警卫员查晓潮。

查晓潮给大家敬了个礼:首长,首长夫人,还有各位,大家新年好!

楚太太:新年好,小查。以后你就喊我楚阿姨。我来为你介绍这几位:家豪。

家豪同小查点点头:新年好!

楚太太:"这是朱丽叶,家豪的女朋友。

朱丽叶同小查点点头:新年好!

楚太太:这是家卉和学识。学识是家卉的男朋友。

家卉和学识同小查点点头:新年好!

楚太太：这是家燕。

家燕同小查点点头：新年好！

小查：那你们用餐吧！我下去了。

楚军长：初三还是过年，小查，同我们一起吃饭吧。

小查：今天食堂的饭菜也很好，我还是不打扰了！

楚军长：好吧！你随便吧！

午餐席间

除了楚太太面前，每个人面前有4小杯白酒。酒杯很漂亮，上面有花纹，是玻璃质高脚杯。

楚军长举起一杯酒：来，爸爸祝大家新年好。我把我的酒先干了。

楚军长干完了他手里的那杯酒后，又连干了3杯。楚军长干完了他面前的4小杯酒后，说：今天这顿饭本来是要同你们慢慢吃的，不过我突然想起来有几份重要的文件要看一下，明天要回复一下北京。这茅台酒味道很好，你们慢慢喝。都必须答应我，每个人面前的4杯酒都必须自己喝掉，不许代喝。淑娟你看着点他们，不许他们作弊。好了，一会儿见。

楚军长说完，起身离开了餐厅。

家燕：Zha Xiao Chao 好酷耶。第一次见面就神情严肃，面不带笑容。

楚太太：你要喊查叔叔，不能直呼查晓潮。

家燕：从小你们一直让我喊爸爸的警卫员"叔叔"，我现在已经长大了，我也要像哥哥姐姐他们那样喊小梁或者小查。

楚太太：你哥哥和姐姐都比你年长很多，他们也比梁健伟和查晓潮年长，当然可以喊他们小梁、小查。你不行，你还是要喊叔叔。

家燕：我顶多喊 Zha Xiao Chao"哥哥"，或者就喊小 Chao 而不是小查。"小查"归你们喊，我喊"小 Chao"。

楚太太：我看你还是征求一下查晓潮的个人意见吧。

家燕：我会的。

学识：来，我祝阿姨还有大家新年好！我干第一杯。你们要跟上我。

家豪举杯干了。朱丽叶刚拿起酒杯，家豪抢先替她干了。家卉刚拿起酒杯，学识抢过来，替她干了。

家燕看着这一切说：这不公平。妈妈，你看有人作弊。我为什么要自己喝呀？

楚太太：你总不能要妈妈替你喝吧。

家豪：我来吧！我替你喝。

家燕：我不要！你替朱丽叶姐姐喝酒已经很多了。你要是都替她喝完，你就要喝 8 杯，再替我喝就 12 杯。还是别介吧。我自己喝两杯，我知道谁可以替我喝两杯。我去楼下一下。

大家都你看我我看你。

家燕再上来时，后面跟着查晓潮。

家燕：我今天也请一位客人，希望大家不要介意。

朱丽叶：不介意！人多热闹。欢迎家燕的客人！

家燕：我宣布我已经征询过查叔叔的意见了，我可以喊他小 Chao。小 Chao，请这边坐。

晓潮坐在了家燕的旁边。

晓潮：对不起，打扰了。其实我已经吃过了。

家燕：可以问你一个问题吗？你为什么叫 Zha Xiao Chao？

家豪：家燕，你还没有喝酒呢，就开始问傻问题了。

晓潮：我可以回答。首先我姓查。晓潮是爷爷给我起的名字。

我出生在海南陵水的一个渔村里，叫晓潮也许是因为渔民们都喜欢在拂晓前潮水来的时刻出海，回来会鱼满舱；如果不是鱼满舱，也会是半满舱。也许是因为我在拂晓出生，爷爷为我起名晓潮，拂晓的晓，潮水的潮。我也没问过为什么。爷爷已经不在了，他为什么叫我晓潮，准确的原因也无从查证了。

家燕：是这样啊？知道了，Zha是查证的查，但用作姓的话就念Zha，xiao是拂晓的晓，chao是潮水的潮。现在大家可以举杯庆祝新年了！祝爸爸妈妈身体健康！万事如意！

楚太太：我怎么觉得今天家燕有些不同哦。今年拿过压岁钱就好像长大了许多。好，妈妈也祝大家新年好！万事如意！我也喝一杯！

查晓潮立即站了起来，给楚阿姨斟满了一杯酒。

楚太太：来，我们一起干杯！每个人都自己干杯，不许代酒。

家燕：我会自己干一杯。但请晓潮从我这里拿一杯！我没有说代酒哦。

在座的每一位都站了起来，同妈妈碰杯，同庆新年！

家卉：我也要祝妈妈和在看文件的爸爸新年好！白头偕老！

楚太太：这是新年贺词吗？怎么听起来像是给我和你爸爸的结婚纪念贺词呀！

大家全笑了。

楚太太：白头偕老，我看倒挺适合你们的。好，你们干吧！妈妈不能再喝了。都不要站起来了，坐着喝就行了。

只见家燕同晓潮碰了一下酒杯，家燕干了，晓潮也干了。

楚太太：朱丽叶，我们很快要去你家提亲哦。准备好了吗？

家豪：妈，可以饭后再说我们的事吗？

楚太太：好，饭后再说。那你们慢慢吃，妈妈要给你们的老爸泡杯茶去。不吃饭还喝酒，喝了酒还看文件，能看清楚吗？

家卉：妈，您也太了解楚军长了。

楚太太：好了，楚家卉你也喝多了吧？

家卉：妈，我就是为了陪您，才喝了一杯。我没有醉。

楚太太：好了，都别光顾着喝酒，多吃点菜，把桌上的菜都吃完。我和你爸还有家燕我们晚上做新鲜的吃，会吃得简单一些、清淡一些。

家卉：知道了。

见老妈离开了餐桌，家卉：同志们加油！我们现在自由啦。我提议再干一杯！

家燕自己拿起一杯，又给了晓潮一杯。

家燕：来，干杯！

大家：干杯！

大家碰杯。

一个星期五的晚饭后 家燕回小提琴课

楚太太给楼下的警卫室打电话。

楚太太：小查，家燕现在要去老师家上课。她不太舒服，你陪她去一下吧。

小查：是！

小查出了院子的前门，一辆吉普车已经等在那里了。很快家燕拎着小提琴和妈妈一起出来了。小查为家燕开了后座车门，家燕将小提琴放在了后座位上，然后上了车。

楚太太对小查说：她好像有点发烧。你照顾好她。

小查：会的。

小查自己坐进了副驾驶的座位。楚太太转身进了院子。

小查系好了安全带，说：家燕，把安全带系好！

见没声音，小查回头看了一下，发现家燕上身卧趴在后座位上的小提琴的盒子上，没有动静。

小查：生病就别去上课了吧。

家燕还是回复了一下：要去，明天是9级考试，已经报过名了。

小查见状，解开自己的安全带，下车，拉开后座车门，说：来，坐好。安全带要系上。

家燕坐了起来，小查帮家燕系上了安全带。自己又回到了副驾座，系上安全带，对司机说：开车吧！

在老师家

老师：家燕你看起来很不舒服，不用回课了，先回去休息吧。今年7月份还有一次机会，参加7月份的9级考试，不好吗？

家燕：没关系！我明天要去。

老师：好吧，执着的孩子。开始吧。

家燕开始了9级考试前的最后一次回课，回课的题目是贝多芬《G大调第一小提琴浪漫曲》

家燕今天的演奏，让老师觉得家燕的心里充满了诗意，她的琴声起始非常柔美。老师边听边想：该浪漫曲开头本身就是旋律柔美，家燕今天的演绎非常特别，很棒。老师闭目欣赏，大约在1分30秒的曲段处琴声突然停止了。老师睁开眼一看，发现家燕脸色煞白，把琴放在了桌上，左手支撑在桌上，右手捂住右腹部，说：肚子好痛。

坐在一旁的小查见状，赶忙上前询问：怎么了？

家燕：右边肚子好痛。

老师：今天这堂课就先到这里。

老师转身对小查说：我看你要赶紧带她去医院。

小查说：好！谢谢老师！

小查替家燕收拾好琴，盖好琴盖，然后拎着琴对家燕说：我们走吧！这是三楼，你还能自己走下去吗？

家燕说：可以的。

老师对小查说：你要扶着她点。

老师转身对家燕说：天哪，家燕，你这样还来上课，让老师又感动又心疼，真是好孩子。

小查：来，我背你下去吧。

家燕：不用。我能走。

小查还是把自己的胳臂递了过去。家燕左手挽住了小查的胳臂，右手轻轻地捂着右边的肚子，一起向楼下走去。每下到楼梯拐弯处，家燕都要停顿一下再继续下楼。到了楼下，小查把琴放在了副驾座上，然后为家燕开了车的后座门。家燕上了车，往里挪了挪，坐在了左边。小查也上了车，同家燕一起坐在了后座位上。

小查对家燕说：系上安全带。

家燕说：系安全带会更痛。

小查说：那就别系了。

然后小查自己系好安全带，对司机说：开车吧！去254医院。

车一启动，家燕就更不舒服了，索性靠在了小查的身上。小查显得有点紧张，立即挺起腰身让自己坐得更直一些，两眼直视前方。很快，车子一个急刹车停在了254医院的急诊室门口。

小查对家燕说：你先坐好，我要下车了。

家燕努力坐直了。小查解开安全带,下车,关上他这边的门,走到家燕那边,为家燕打开车门。可这时候家燕已经痛得不能自己下车了。

小查也顾不上那么多了,说:来,我抱你进去。

家燕也没有再客气,她往门边挪了挪。小查一个公主抱将家燕抱了起来,三步并作两步地疾步进入了急诊室。

有护士过来说:把她放在这边的床位上。

小查轻轻地放下了家燕,深呼吸了一下。

护士问小查:她怎么了?

小查:我也不清楚。她妈妈说她有点发烧,她自己说她的肚子痛。

护士说:噢,知道了。好,别担心。一会儿医生就过来。

护士开始给家燕量体温,量血压,测脉搏,一边做记录,然后离开了。

很快一位医生来了,说:你好,楚家燕!我是张医生。

家燕虽感到疼痛难忍,但还是回复了医生的问候:张医生好!

张医生问:哪边痛?

家燕:这里,右边这里。

张医生用手在痛的部位压了压,家燕大喊:哇,好痛!

张医生:以前痛过吗?

家燕:以前是这上面痛过。我觉得是胃痛。

张医生:恶心吗?

家燕:有。今天吃晚饭的时候就恶心想吐。

张医生:很像是急性阑尾炎。一会化验室会来人,先给你验血。

家燕问:如果是急性阑尾炎,需要开刀吗?

张医生:如果是的话,就要做手术。我会先看一下化验结果。

小查对家燕说：我要先给楚阿姨打电话。

小查：楚阿姨，家燕课没有上完，肚子痛，我已经把她送到254医院了。现在我们在急诊室。

楚太太：这个孩子！我叫她不要去上课，她非要去。医生怎么说？

小查：还没有确诊。医生说很像是急性阑尾炎，可能要手术。

楚太太：好，知道了。你先陪在那里，我来给家卉打电话。

小查：是！

家卉到了急诊室

家卉到了急诊室，看到家燕躺在那里，说：好好休息，别说话，听姐姐说，我问过张医生了，他说你得了急性阑尾炎，需要手术。

家燕：我害怕。

家卉：不用害怕，这是一个很简单的手术。你现在输的液里有消炎药。消炎退烧后，就安排手术。

家燕：那我明天不能参加9级考试了？

家卉：这时候还想着考试？下次再考不是一样吗？好了，小查，这么晚了，你先回去休息吧。我陪一会儿家燕。明天上午给她带些住院需要的用品来。妈妈会准备好的。

小查：好，我先回去了。明天见！

家卉：谢谢！明天见！

家燕病房内　爸爸、妈妈、哥哥来探望　查晓潮随首长一起到达

家燕：爸！妈！哥！
爸爸：我们的家燕气色不错嘛！吃什么呢？
家燕：反正都是妈给我做的。
妈妈：告诉妈妈明天想吃什么？
哥哥：妈，我要嫉妒了。您怎么不问我明天想吃什么呀？
妈妈：想吃好吃的就回家呀，都几岁了，还嫉妒妹妹？
家燕：爸，妈，我是下个星期三出院吧？
爸爸：既来之，则安之！你刚做完手术就急着出院？恢复好了，就会出院的。不要着急！家卉呢？
家燕：姐姐在病房值班，每天都会过来一下。
爸爸：家卉不在的时候，不要调皮，不要欺负小查。小查天天都会向爸爸汇报你的情况的。
家燕：晓潮，你是不是跟爸爸说我欺负你？
小查：有吗？请首长主持公道。
哥哥：小查，谢谢你这么容忍我的老妹！谢谢你帮助照顾家燕！有你，我们大家都感到轻松和放心，尤其是爸爸。

楚太太见状，立即用自己特有的方式为小查主持"公道"。说：小查这两天辛苦了。

小查：不辛苦！为首长分忧，应该的。

学校教室里

班主任：我们要五位同学代表大家去医院看望楚家燕同学。能安排的同学请举手。

全班同学都举手。

班主任：我看还是女同学去探望比较方便。放学后，我来安排吧。谢谢全体同学的热心。好，现在下课。

楚军长家厨房

楚太太在厨房内，将一勺饭装进了一个漂亮的塑胶饭盒里，然后在饭盒的另一格里盛入了西红柿炒蛋，然后盖上盖子。又在另一个盒子里装了点水果。小查在一旁等候。

楚太太：幸苦你了，小查！

小查：楚阿姨，不要客气。

楚太太：我曾经在254住过院，他们给病人的伙食也挺好的。只是，我们家的宝贝嘛，喜欢吃妈妈做的饭，家里的饭菜总是比较卫生的。好了，我准备好了，现在送过去还是热的。

小查：我这就去。

家燕病房内　同学们来探望家燕

晓潮给家燕送来午餐。

晓潮：你妈妈希望你喜欢今天的番茄炒蛋。

家燕：只要是查晓潮送来的，我都喜欢。

家燕认真地吃。晓潮坐在床前的凳子上，关心地看了一会儿家燕，家燕抬头看了一眼晓潮，抿嘴笑了笑，继续认真地吃。晓潮于是说：你慢慢吃。我看一下报纸，首长让我把这份军报仔细看一下。

晓潮还没有把这份军报看完，家燕就已经吃完饭了。晓潮收起报纸，将报纸装进口袋，然后帮助家燕收拾好饭盒和餐具。

家燕：我明天想吃虾仁炒饭。

晓潮：我会告诉楚阿姨你明天想吃虾仁炒饭。我先回去了，你好好休息吧。

家燕：再陪我一会儿，好吗？

晓潮：好吧。

病房门上半截是扇形玻璃窗。突然病房的门外，有好几张可爱的脸庞。

家燕一看，说：是我的同学，请她们进来吧。

晓潮起身开门。"家燕！""家燕！""家燕！"五位家燕的同学蜂拥而入。

一位同学：你好吗，家燕？这是大家托我们给你带来的鲜花。喜欢吗？

家燕：喜欢！谢谢你们来看我！

晓潮：家燕，你们聊，我先回去了。明天见！

家燕：那就明天见！

一同学：家燕，开刀疼不疼啊？

家燕：不疼！我是谁呀？ 我是保尔·柯察金。

该同学：你不是保尔·柯察金，你是我们的花仙子。

家燕：柳青青说话最让人开心了。你们谁带笔记来了，可以留下来让我抄一下吗？

柳青青：我们都带了。我的留给你，我看她们的。

家燕：谢谢！

孟护士进来：哇，这么多同学来看你。楚家燕太幸福了。看到你们我就觉得自己老了。姑娘们，我要替楚家燕的伤口换药了，你们下回再来吧！

柳青青：那我们先回去了。祝你早日康复！

家燕：谢谢你们来看我！见到你们，我好开心！下个星期三，我就可以去上课了。替我问大家好！

柳青青：我们会的。好了，Bye！

"Bye，家燕！""星期三见，家燕！""Bye，家燕！""Bye，家燕！"

家燕向离开她病房的同学们挥挥手，说：星期三见，everybody！

孟护士边打开一个换药包边同家燕聊天，说：看到你和你的同学们就让我想起邓丽君的一首歌。

说罢，孟护士唱了一句：十八的姑娘一朵花，一朵花——

可家燕很认真地打断了孟护士的歌唱，说：我去年9月份就过了18岁了，我已经快19岁了。您看床头上，我的名卡上写有我的出生日期。今天来的5位同学有三位比我小，有两位比我大几天。比我大几天的两位同学和我，我们三个人的生日都是在9月份，上小学的时候，都被卡到了下一年入学。我要是早出生20天，我现在已经是大学一年级了。

孟护士边去掉家燕伤口上的纱布边说：被卡在家的那一年都干什么呢？

家燕：我5岁开始学习小提琴，被卡在家就练习小提琴，去老师家上课，在家里练琴，等练好了再去老师家回课。

孟护士边为伤口消毒边说：那很好啊！塞翁失马焉知非福。楚家燕的小提琴一定拉得很好咯？

家燕：哇，这消毒液好凉呀！其实，上高中后，功课很多，练习就少了。上个星期六才准备参加9级考试，都报过名了，结果星期五就住院了。

孟护士把新的纱布敷在了家燕伤口的部位，边固定边说：考9级？太厉害了。真想有机会听楚家燕演奏小提琴。

家燕：演奏还谈不上。不过，谢谢孟护士的鼓励！

孟护士：好，药换好了。伤口恢复得不错，好好休息吧！

家燕：谢谢孟护士！

孟护士：不用谢！这是我的工作。好，休息吧！

家燕：嗯。

孟护士：家燕，你旁边那张病床上的阿姨呢？

家燕：快吃午饭的时候，她说她要回家吃饭，就走了。

孟护士：虽然这位阿姨快出院了，但还没有出院，离开医院也没见她请假呀。她回来的话，让她来找我一下，好吗？

家燕：好的！

孟护士：好，好好休息吧！

家燕：好的！

孟护士离开了家燕的病房后，家燕闭目养神，也许是闭目遐想。

学校教室里

陆老师：今天我们的数学高考模拟题中对数计算占的分量比较大。大家做题之前老师请一位同学回答几个问题。这些问题与今天的模拟考题没有直接的关系，只是简短回顾一下对数和对数函数的概念。在我问问题之前，也就是在不知道我要问什么问题的情况下，谁愿意先举手准备回答我还没有问的问题？

有十多位同学举手，其中有楚家燕。

陆老师：那我就请楚家燕同学来回答我下面的问题吧。如果楚家燕哪个问题回答得不对，其他同学就请举手，给出正确答案。当log10／真数是1的时候，对数是几？

楚家燕：对数是0

陆老师：为什么？

楚家燕：因为任何数的0次方都是1。10的0次方是1。这个1是您说的这题中的真数，log10（1）=0。

陆老师：那么，为什么任何数的0次方都是1？

楚家燕：在乘法中两个相乘的数的指数可以先相加，例如10的1次方乘以10的1次方等于10的2次方，10的2次方等于100。

如果是10的2次方乘以10的3次方等于10的5次方等于100000。

如果先不将乘数的指数加起来，先分别求每个乘数的幂，然后再将幂相乘也是一样的。

陆老师：比如？

楚家燕：比如，10的2次方它的幂是100，10的3次方它的幂是1000，100乘以1000等于100000。那么在除法中，除数和被除数的指数是相减。比如：10的2次方除以10的3次方等于10^{-1}等于1/10。

如果直接先算出幂再除也是一样的：10^2是100，10^3是1000，而100/1000等于0.1等于1/10，反之，1/10可以写成10^{-1}。

陆老师：为什么1/10可以写成10^{-1}？

楚家燕：您说过这种表达是数学前辈们定义的。

陆老师：这是我说的。好，请接着说。

楚家燕：用同样的方法来计算$\frac{10}{10}$等于10^{1-1}，等于10^0，等于1。10^0必须等于1源于

$$\frac{10\text{的}1\text{次方}}{10\text{的}1\text{次方}} = \frac{10^1}{10^1} = 1。$$

因为，$\frac{10^3}{10^3} = \frac{1000}{1000} = 1$，

所以，用另外一种形式来表达结果是：

$$\frac{10^3}{10^3} = 10^{3-3} = 10^0 = 1。$$

所以，$10^{3-3} = 10^0 = 1$，所以任何数的零次方都等于1。这是定义。

所以，log10（1）等于0，因为 10^0 等于1。

陆老师：很好！说得很好！那么，当 log10 对数是 1 的时候，真数是几？

楚家燕：真数是 10。意思是 10 的 1 次方等于 10。

陆老师：log10 对数是 1.1 的时候，真数是几？

楚家燕：真数是 12.5893。换句话说 10 的 1.1 次方等于 12.5893。

陆老师：log10 对数是 1.2 的时候，真数是几？

楚家燕：真数是 15.8489。换句话说 10 的 1.2 次方等于 15.8489。

陆老师：那么，log10 真数是 100 的时候，对数是几？

楚家燕：对数是 2。

陆老师：log10 真数是 99 的时候，对数是几？

楚家燕：对数是 1.995635。反过来说 10 的 1.995635 次方等于 99。

陆老师：log10 真数是 98 的时候，对数是几？

楚家燕：1.991226。反过来说，10 的 1.991226 次方等于 98。

陆老师：可以得出一个什么结论？

楚家燕：也就是说每一个数字都可以用 10 的几次方来表达，即 10 的 2 次方是 100；10 的 1.995635 次方是 99；10 的 1.991226 次方是 98。反过来说：在 log10 不变的情况下，每个数字都有个对数。人们通常用 N（number）来代表这个位置上的"每个数字"，我

们的数学前辈把这个 N 命名为"真数"。这个真数的对数我暂且用字母 X 来代替，这个对数 X 事实上是底数 10 的指数。

在对数函数表达中，人们通常把底数如 log10 作为常量，真数 N 作为变量，而对（应）数 X 则自然成为因变量。因变量随着变量 N 变化。对数函数中 log10 里的 10 是对数 X 的底数。人们称 log10 为常用对数。那么非常用对数的底数就可以不是 10，可以是其他数字，如 2 或 3 或 5 等等。

陆老师：为什么对数的底数也可以是其他数字？

楚家燕：因为 log10(N) =X 实际上是 $10^x = N$ 的逆运算。除 10 以外，其他数字也都可以有指数，当一个数字有指数的时候，该数字就自然成为底数了。成为底数了也就能做底数，这些底数因有指数，就会产生幂，如用幂反过来求指数，就形成对数关系了，"唯一"对应结果就是函数关系。在我看来，"指数"和"对数"像是同一个人的两个名字，只是指数可以是 0 和负数，而"对数"会出现 0，如 log10(1)=0，这个 0 是对数，但对数不会出现负数。"真数"和"幂"也像是一个人的两个名字，只是真数不可以是 0 外，也不可以是负数。。

陆老师：说得很好。那么请举例 log2。

楚家燕：例如 log2（真数 32）= 5（对数），因为 2^5=32

陆老师：很好！请接着讲。对了，我们知道求底数 2 是 $\sqrt[5]{32}$ =2。

楚家燕：这样就不难理解为什么自然对数的底数可以是 2.72 了。这里需要强调的是底数可以不是 10，但必须大于 0，并且不是 1。这是规定；并且不是 1，因为 1 的任何次方还是 1。

在这种情况下，说它是对数函数，是指当 N 变了，指数或说对数的位置上就有一个对应的数字出现，而绝不会有两个对应的数字。如果出现两个对应的数字就不是函数了。老师您曾经说过：一个人不可能在同一个时间出现在两个地方，比如2点你在邮局，你不可能2点也在超市。2点对着邮局。如果你2:30在超市，那就是2:30对着超市。 函数就是对应数，只能有1个对应关系。即，有一个数字被输入后，就一定会有1个对应的数字被计算出来。在底数不变的情况下，当你输入真数 N 的时候，就有1个对数出现。这两个对应的数字就是函数关系。如果这两个对应的数字出现在对数表达式中，例如 $2=\log 10\ (100)$，这里的底数必须大于0，且不是1。这里的真数不能是0和负数，该表达式或谓此等式就是对数函数 。在这个对数函数中你可以用99或98来替换100，即 $1.995635=\log 10\ (99)$，$1.991226=\log 10(98)$。所以，简言之，对数函数就是以特定底数为常量的情况下，以"幂"或者说以"真数"为自变量，"指数"或者说"对数"为因变量的函数。

陆老师：楚家燕同学总结得非常好！那么，像这样的自变量对应着唯一因变量的现象出现在三角领域里，人们称之为三角函数。这里顺便问一下家燕同学，在三角函数中，人们把什么当作自变量？

楚家燕：角度。

陆老师：正确。最后请确认，在对数函数中，什么数没有对数？

楚家燕：0和负数没有对数。

陆老师：为什么？

楚家燕：您说过这是数学前辈们定义和规定的，记住就好。比如 $\log 10$（这里的真数不可以是0或负数），自然不会有相应的对应数。真数的位置上只能是真数。真数，即"正实数"也。"真数"之位乃非"负数"乃非"0"可觊觎。所以0和负数没有对数。

陆老师：回答得非常好。家燕同学，你10天没有来上课，还是可以完美地回答老师问的每一个问题，老师为你骄傲！

楚家燕：这些问题都是高一时您问过我们的问题。这些数字都是我们在高一时一背再背，必须记住的数字，高一考试都答过的问题。

陆老师：楚家燕就是楚家燕。好，现在请大家开始做模拟考卷。希望大家认真对待。对了，在对数应用方面，我是说在应用方面，重点是你为什么要用 10 做底数，你为什么要用 2 做底数，为什么你要用 2.72 做底数？弄清楚这个问题，才算弄清楚了对数。下节课我们会讨论这个问题。对数帮助我们理解很多现象，如地震强度、人类的记忆、大城市里的生活节奏等。回家后，在有时间的情况下，请同学们多看书中的例题，同时做些思考，下节课我们一起讨论。好了，现在请大家先解决模拟考卷上的考题吧。

同学们都开始做模拟题了，而楚家燕此时此刻在想：回来上课的感觉真好，被老师表扬的感觉更好！

姐姐结婚

律学识的爸爸是天津南开大学的党委书记，从部队转业到地方之前同家卉的爸爸是战友。律学识的妈妈同家卉的妈妈也是战友。抗美援朝的时候，她们都是随军的文化教员。老一辈是战友，现在又成了亲家，楚律两家的联姻真可谓亲上加亲。

今天是两家喜庆的日子。他们在天津市第一招待所的牡丹厅席开两桌。婚宴下午 5 点开始。

一桌是：楚军长、楚太太、律书记、律太太、新郎律学识、新娘楚家卉、家燕、家豪。

另一桌上坐有：两家的几位亲戚和家卉、律学识的好友。

20 世纪 80 年代末，改革开放才不过 10 年的时间。那个年代，结婚不太讲究太大的仪式和太多的程序。楚军长同律书记达成协议：不大办喜宴，不收任何礼物和红包。

两家人和一些亲朋好友一起吃一顿喜宴，来见证和庆祝两位新人的结婚，就会让两位新人感到十分的满足和幸福了。这一天是楚家卉和律学识的重要日子。他们青梅竹马，是彼此的初恋。在律学识的眼里，楚家卉就是这个世界上唯一的女人；在楚家卉的眼里，律学识就是这个世界上唯一的男人。今晚，幸福尤其挂在了这两位新人的脸上。在座的所有的家人和亲朋好友为他们感到幸福。

楚军长：好，爸爸先说两句。首先恭喜今天的新郎和新娘！今天爸爸就把楚家卉交给律学识了。爸爸代表自己，也代表淑娟和所有的家人、亲戚，祝贺你们结为伉俪。学识的爸爸和妈妈还有家卉的妈妈曾经也都是中国人民解放军的一员。我，家卉的爸爸现在也是学识的爸爸，仍然是中国人民解放军的一员，楚家卉和律学识现在也是中国人民解放军的一员——一位是军医，一位是地方军军官。我们都是军人，我们的身上肩负着不同的使命，但目标都一样，战争时期保家卫国，和平时期全心全意为人民服务。希望二位将来在各自的岗位上做出更大贡献！爸爸恭喜你们，为你们高兴。我干了这杯酒。你们随意！

学识和家卉：谢谢爸爸！我们也干了！

大家鼓掌。

一位来宾说：楚军长说得太好了！

一位亲戚说：是的，说得太好了！

淑娟：虽然我已经被你们的爸爸代表了，但妈妈还是要亲自恭喜和祝福学识和家卉！妈妈为你们高兴。妈妈也干了！

学识、家卉：谢谢妈妈！我们也干杯！

楚军长：老律啊，你也说两句吧。

律书记：我还记得我同老楚在革命的队伍里初次相遇的那一天。一转眼我们的孩子都结婚了，我们成了亲家。我就这么一个宝贝儿子，今后还要请家卉多多爱护我们的律学识。有空就回家吃饭。家卉，你婆婆的厨艺是世界一流。对吧，鲁平？

鲁平：你们的爸爸说得对。家卉，你和学识一定要常回来吃饭哦。

家卉：谢谢爸爸妈妈！

律书记：好，我代表我自己和夫人鲁平及所有的亲戚，祝新郎新娘互敬互爱，新婚快乐！也谢谢所有的来宾！我干了这杯！

鲁平：我也恭喜学识和家卉！为你们高兴！妈妈干了这杯！

家豪：律学识、楚家卉，你们要给爸爸妈妈们敬酒哦。

律学识站了起来：家卉，我们一起给长辈们敬酒！

家卉也站了起来。

学识：我现在可以代表家卉了吧。从今天起家卉的爸爸妈妈就是我的爸爸妈妈。我和家卉一起敬两位爸爸妈妈。有你们才有我和家卉，我很高兴能娶到家卉。请岳父岳母大人放心，我一定会照顾好家卉！我们一定好好生活，好好工作，努力向上，不负使命！我们先干了。爸爸妈妈请随意！

大家鼓掌。

学识：我代表家卉——

家豪：怎么又代表家卉？

家卉：我喜欢学识代表我。

家豪用天津话说：好嘛，刚嫁过去就站在学识的一边了，这变化也太快了吧！

家卉：好了，哥，我们一起敬你一杯。

家豪：怎么？这次你代表学识了？

家卉：爸妈，你们也不管管家豪！

楚军长：家豪，你就接受妹妹、妹婿的敬酒吧！

家豪：谢谢！我先干了！

学识和家卉也干了。

学识：谢谢大舅子这杯酒！

学识走到家豪身边，同家豪耳语：今后请多关照！

家豪：你是有福之人！祝福你！

学识：谢谢！来，家卉一起来。

学识和家卉一起走到了两桌中间的位置。学识说：我和家卉向今晚在座的参加我们婚宴的亲朋好友敬酒！谢谢你们的光临！谢谢你们来见证我们的婚礼！谢谢你们分享我们的幸福！请大家慢用。需要什么，请同服务生直接说。如有不周，请多多原谅。

家燕：我不原谅。律学识，你不敬小姨子吗？

律学识：该罚！该罚！姐夫代表家卉敬小姨子家燕。我干了！

家燕：党代表！

所有人都被家燕说的三个字逗乐了。

家卉举杯：家燕我们一起干！谢谢你平日对你姐夫的关照！姐姐出嫁了，但还是你的姐姐呀，不是吗？

家燕：是，姐姐、姐夫！我祝姐姐和姐夫双宿双飞！永远幸福！

律书记：我和鲁平为我们的儿子能娶到家卉感到由衷的高兴！老楚，我们今晚要多喝几杯。你们不知道吧？今天也是我和鲁平的结婚纪念日。学识很孝顺我们，也把今天定为他们的结婚日。这样，今后我们一家可以同庆这一天了。

楚军长：这样啊！难怪家卉说今天的日子最好。家卉还替公公婆婆保密啊。亲家公、亲家母，我和淑娟要嫉妒你们了。不管怎样，来，淑娟我们一起敬亲家公、亲家母。来，祝你们白头偕老，永远幸福！

律书记：我和鲁平也祝楚军长和淑娟白头偕老！永远幸福！

楚军长：好，我干了！

淑娟：谢谢！我也干了！

律书记和鲁平：我们也干了！

律书记：我今天真的很高兴！这种亲上加亲的感觉真好！我敬今晚所有的家人和来宾！我先干了！你们随意！请大家好好享用今晚的美食。我和鲁平就这么一个儿子，请各位今后多多关照！

大家开始吃饭了。学识给家卉夹菜，楚军长给淑娟夹菜，律书记给鲁平夹菜。

整个牡丹厅里充满了婚宴的喜庆！墙上一张大大的红色的"喜"字显得格外的耀眼，那是对新郎新娘的祝福。红色的"喜"字给牡丹厅里的每一位带来喜庆。今天真是一个特殊的日子，一个值得记念的日子！

家燕坐在楚军长的旁边。这会儿只见她在楚军长的耳边耳语了几句。楚军长点点头。然后家燕乘大家忙着交谈敬酒干杯的时候，离开了牡丹厅，穿过走廊，到了松叶厅。

松叶厅里

家燕敲门。

晓潮：进来！

家燕推门进入。

见晓潮在同两位司机一起吃饭，一位是楚军长的司机小崔，一位是律书记的司机小赵。平时，司机都不会留下来吃饭，送完首长就回去,时间到了再来接首长。但今天不一样,司机们还是应邀留下来吃饭。

家燕走到晓潮跟前说:爸爸说再加几张椅子,你们都过来一起吃。

查晓潮说:谢谢啦。这边自由自在,一会儿他们要开车,都不能喝酒。我在这里陪他们,你快回去吧,替我们祝福新郎和新娘,我们也分享他们的快乐!

家燕:那好吧!一会儿见!

牡丹厅里

家燕回到自己的座位上。

学识:对不起,打断一下大家的用餐。我和家卉买了今晚的火车票,火车开车时间是今晚8:40。我们去杭州度蜜月,时间是一个星期。所以,请大家慢用!我们从杭州回来再聚!

楚军长:我们的新郎和新娘很会保守秘密嘛!如果是这样,那就快点出发吧。让司机小崔送你们去。

学识:谢谢爸爸!不过我们的行李都在小赵的车上,所以小赵会送我们去车站。回来见,长辈们! 大家回来见! 家豪你帮我照顾大家,拜托了!

家豪:放心吧! 祝旅途愉快!

家燕:我和晓潮送你们下楼。

家卉:好的! 大家回来见!

大家:回来见!

一个星期六下午　在客厅里

楚太太：有没有觉得家燕同查晓潮之间的关系有问题？

楚军长：有问题？他们关系不好？

楚太太：今天没有心情开玩笑。家燕好像爱上了查晓潮。

楚军长：你在开玩笑吧？这是不可能的。谁都知道我们家的楚家燕是才女，不仅是才女，还是美女，家燕对未来的男朋友也一定会有特别要求的。查晓潮长得帅气，非常勤快，认真负责，我很喜欢。家燕喜欢他也很正常。

楚太太：喜欢查晓潮没有问题，但是爱上了查晓潮就是问题。

楚军长：为什么你会认为家燕会爱上查晓潮？没有逻辑的推测。

楚太太：我是她妈妈，怎么看不出来？

楚军长：从什么时候开始的？

楚太太：应该是从家燕上次阑尾炎开刀住院小查照顾她开始的。

楚军长：我也觉得家燕对查晓潮好，至少比对梁健伟好。

楚太太：为什么觉得她对查晓潮比对梁健伟好？

楚军长：因为家燕从来没有在我面前关心过小梁，可她对小查比较关心。在家卉结婚的晚宴上，她跟我说，要加座位叫晓潮同司机过来吃饭。我现在觉得她是想请查晓潮过来。当时没有多想就同意了，反正家燕喜欢就好。

楚太太：有一次——

楚军长：有一次什么？

楚太太：哦，没什么，也许是我想多了。

楚军长：什么呀？

楚太太：没什么。

楚军长：你越是这样，倒越让我不安了。我考虑重新换一个警卫员，这样对小查也好。

晚饭间

楚军长：下个星期一会来一位新的警卫员。

家燕：为什么？

楚军长：我需要小查下连队去锻炼。服役满两年后，我希望他能顺利提干，从排长做起。我最希望他能考入指挥学院深造，然后回来升任军官。他会是一名优秀的军人。

家燕：值得庆贺！不过——

楚太太：不过什么？

家燕：等他警卫员任满了，再安排他去上学不是更好吗？

楚军长：不能耽误人家，先让他在连队里锻炼，再安排他提干或去指挥学院学习比较合理。

家燕：那我不同意呢？

楚军长：爸爸调动士兵，需要家里人同意吗？

家燕：知道了。

妈妈给家卉打电话

妈妈：家卉，最近妈妈感觉很不好，好像有哪里不对。

家卉：妈，您哪里不舒服吗？我先为您诊断一下。

妈妈：是心里很不舒服。

家卉：心脏不舒服？

妈妈：妈妈还是直接跟你说吧，你有没有觉得家燕和小查的关系有点不对？

家卉：我不觉得呀。您觉得不舒服是为这个呀？妈，我们家的家燕，学习好，小提琴已达到9级的水平，前途无量，今年会考上南开的，这是她既定的目标，也是你们的期待。所以请妈妈不要胡乱猜想。你说小查爱上了家燕，我有点相信。但是那会是他的一厢情愿，可以理解，但不必担心。

妈妈：好了，希望我的感觉是错误的。你忙吧，妈妈先放电话了。

家卉：好的，妈，不用担心！

家燕给下到连队锻炼的查晓潮打电话

家燕：晓潮，我怀孕了。

晓潮：我娶你。愿意嫁给我吗？

家燕：愿意！那我怎么同爸爸妈妈说呢？

晓潮：直接说吧。无论什么结果，我们一起承担。

楚家发生大事了

楚太太：李政委一家到天津了，这个星期六邀请我们一家一起去杨村看演出。他们星期天就回唐山。他们一家人都很喜欢你，尤其是他们的儿子李援朝很喜欢你。你李伯伯说这样我们可以亲上加亲。

家燕：妈妈，你们去吧。就说我要练琴上课。

楚太太：你是他们最想见的人，你不去怎么行？

家燕：妈妈，我怀孕了。

楚太太：你在说什么？

家燕：我怀孕了。

楚太太：他是谁？

家燕：晓潮！

楚太太：你疯了吗？

家燕：我没有疯。

楚太太：天哪？这是怎么回事？

家燕：妈妈，请理解我吧。我爱晓潮，他就是我的白马王子，我未来的生活中不能没有他。

楚太太：他应该知道这是不可能的，他应该知道他是娶不到你的。

家燕：他被我的坚定和执着打动了，他也爱我！

楚太太：你怎么处理你怀孕的事情？你知道这件事对你爸爸和我和这个家都意味着什么吗？

家燕：我知道，意味着不光彩。我知道我没有办法去医院做人工流产，因为医院也不接受未婚先孕这样的事实，而且也会很快有人恶意传出我怀孕流产的消息。所以我会留下这个孩子，无论是男孩还是女孩，他对我和晓潮来说都不是不光彩。孩子是我们的爱！

楚太太：你知道去医院流产并不光彩，那生孩子的时候呢？从现在起到生孩子，你不出门了吗？你不上学了吗？七月份也就是下个月就要高考了，你不参加高考了吗？你不上大学了吗？妈妈都没有办法继续想下去了。你知道你都做了些什么，宝贝？你是妈妈的宝贝，你让妈妈太失望了。与其说是失望，不如说是妈妈都不想活了。还有,你爸爸会处理查晓潮的。

家燕心里知道,自己怀孕的事情不仅给家里带来了麻烦,给妈妈带来了打击,事实上也给自己带来了麻烦,给晓潮带来了麻烦。

楚太太:你必须离开这个家,离开天津,妈妈就当没有生过你。

家燕:妈妈,我对不起您!对不起这个家!原谅我吧!

楚太太:宝贝,你回自己房间休息去吧!你给妈妈一点时间,让妈妈冷静一下,让妈妈想想怎样同你爸爸说。

楚军长在给有关部门打电话

楚军长:明年退伍的名单上请加上查晓潮。

电话那边:为什么?您不是已经安排他提干吗?

楚军长:他自己想退伍。就这样吧。

电话那边:是!

楚家客厅里

楚军长:楚家燕,爸爸能为你们做的就是不在愤怒的情绪下现在就开除他。还有半年的时间,我会让他到期退役。我会安排他先探亲休假,让他送你回他海南的家。

楚太太:你的户口也必须迁去他的家乡。

家燕:妈妈?我真的这么罪大恶极吗?不可以原谅吗?我可以同他一起生活在海南,但户口可以留在家里吗?

楚太太:不可以!妈妈太痛了,不要再说了!如果你爸爸不是军人，不是军官，不是军长，你爸爸会用拳头招待他的。希望这件事到此为止，你准备一下，下星期一你们一起回海南。你爸爸会安排查晓潮探亲休假一个月。否则，事情传出去，我和你爸爸都无颜面对人们的议论和眼光。就当这件事情从未发生过，就当我们从来没有生过你这个女儿。

家燕：妈妈！

楚太太：孩子，你自己要坚强，不要再对爸爸妈妈有任何要求。从你生下来的那天起，爸爸妈妈能为你做的都为你做了，自己做的事情自己承担。希望你们过得好！

家燕：妈妈！

楚太太：准备一下吧。

家豪在自己的家

家豪在同朱丽叶通电话。

朱丽叶：亲爱的，你到法国来吧！

家豪：我去法国干什么？我去那里干什么？你爸是大使，你是外交人员的家属，我不会法语，难不成你让我也去做家属？你愿意嫁给我，就回国在我的身边。我是我爸妈唯一的儿子，我不会离开他们的。

朱丽叶：那我不想回国怎么办呢？

家豪：很好办。你在法国，我在中国，不矛盾！

朱丽叶：你什么意思啊？

家豪：这样各不耽误啊。你要改变想法了，再给我打电话吧。

说完，家豪挂了电话。

家卉给哥哥打电话

家豪刚放下电话，电话铃声又响了。

家豪：怎么？改变主意了？

家卉：改变什么主意了？

家豪：家卉呀？对不起，我以为是朱丽叶呢。有事吗？

家卉：哥，你知道家里出事了吗？

家豪：家里出事了？什么事？我怎么没听说。

家卉：家燕怀孕了。

家豪：怀孕了？谁？李援朝？

家卉：查晓潮！

家豪：嗯，难怪呢？不过我真的没有想到，从来没有往那方面想。"那怎么样呢？"家豪边说边耸了耸肩。

家卉：你这什么态度啊！爸还有妈很受打击，要家燕同查晓潮一起去海南。

家豪：什么？

家卉：真的！

家豪：这世界真的乱了。

家卉：先这样吧，就是告诉你一声。我先挂了。

家卉说完就挂了电话。

家卉家

家卉：现在不是世界乱了，现在是家里一团乱。

学识：家燕只是跟着她的心走，只是在追寻自己的爱，她是幸福的。你们都怎么了？

家卉：你不要想去说服我爸我妈。因为你不是他们，你安知他们受到的打击？你安知他们的痛？可我能知他们的痛，但我也只能祝福家燕。她是为爱而生的，是为爱而自由飞翔的燕子。

学识：你不是为爱而生吗？

家卉：我是为责任而生。

学识：那我只是你的责任？

家卉：此时此刻，我不想同任何人辩论任何事情。家燕如果离开了这个家，这个家不会再是原来的光景了，一切都不一样了。我都不敢想下去了。

家卉拿起电话给妈妈打电话。

家卉给妈妈打电话

家卉：妈，您可以重新考虑一下吗？先别急着做决定。如果家燕过得不好，还可以回来。如果回来，没有户口，不是不方便吗？妈，我的意见是家燕可以跟自己爱的人走，但不要把她的户口迁走。

楚太太：这件事传出去会成为全军的笑谈。妈妈已经决定了，也是你爸爸的决定。

家卉：妈，这跟全军有什么关系？

楚太太：楚军长的家事同全军没有关系吗？

家卉：家事归家事，军事归军事。妈，您同爸爸都重新考虑一下吧。

楚太太：不会重新考虑的。家卉，你不用再说了。

楚太太挂掉了电话。

五年后

　　陵水渔村的傍晚　渔排上木屋的盏盏灯火映在渔排周围的海水里，海水里的渔火和星光交织闪烁，海面上水光潋滟。

　　家燕一边喂笼口里的鱼，一边又眺望着岸上沙滩后面的一条小路，等候着晓潮下班回来。

　　木屋内，两个孩子正在看动画片。

　　晓潮回来了。晓潮看到家燕正在往他这边眺望，就喊了一声"家燕"。家燕向他挥了挥手。晓潮划着小渡船回到了渔排上，家燕伸手拉了一把晓潮。晓潮顺着家燕的拉力从小渡船上跳上了自己家木屋的"甲板"上。

　　家燕：今天怎么这么晚才下班？

　　晓潮：你忘记了，还有两个星期台风就要到了，渔厂的管理人员都留了下来，将院子里的一些东西归置到厂房里，这样可以减少损失。

　　家燕：那还有一段时间，谁还天天记得有台风啊。

　　晓潮：管理人员必须记得。

　　家燕：你是对的！好了，孩子们，爸爸回来了，吃饭啦。

　　晓潮：今天吃什么？

　　家燕：反正都是你爱吃的。

　　晓潮：老婆辛苦了。

　　家燕：肉麻！

　　晓潮：我是认真的！

　　全家人一起坐在渔排木屋的地板上吃饭。

　　晓潮：新宇、津津，今天都做了些什么呀？

　　新宇：今天妈妈教了我们10个新词汇，每个词抄写了10遍。

晓潮：还有呢？

津津：还做了5道算数题，还背诗，还看了动画片。

晓潮：嗯，好，做了不少事情哦。

津津：是的。

晓潮：妈妈做的饭好吃吗？

新宇、津津：好吃。

晓潮：好吃就多吃。妈妈做的饭都是用心做出来的，美味无比！

家燕：好了，是吃饭还是开表彰大会？

晓潮：吃饭！吃饭！

晓潮：明天阿花有事请假不能来，我一会儿还要为她找一个替班的。

家燕：阿花？哪个阿花？

晓潮：就是专门给渔厂总经理舒红和她的两位助理做饭的阿花呀。

家燕：她请假几天？

晓潮：就明天一天。

家燕：那我去替班一天吧。不要工资，是义务劳动。

晓潮：那怎么可以！阿花是她们请的保姆，专门为她们做饭。你是我老婆，不可以！

家燕：我跟舒红她们都很熟，每次她们一见到我，就说要到我们渔排的家来吃sashimi，我一直没有时间安排。不如，我明天就从我们的鱼网里拿两条鱼带过去，为她们做sashimi，这样也算请她们吃饭了。炒两个素菜再做一个汤，她们冰箱里有什么素菜，就做什么素菜。做完午饭，我们一起回来吃饭。省得每次吃饭，你都让我等你。

晓潮：好吧，你愿意，我还说什么？这样我也不用去想为阿花找替班的人了。我怎么这么有福气能娶到楚家燕？

家燕：又开始肉麻了。多吃饭，少说话！

晓潮：是，老婆！

渔厂内

渔厂内一进门不远的右边，是一栋二层的小楼。底层有两间办公室，厨房也在底层。二层有三间卧室。一间卧室是厂主林先生的卧室，还有两间卧室是舒红和她的两个助理的宿舍。

家燕骑着一个小型电动摩托车到了。放好摩托车，家燕按了下门铃。

舒红开门。

舒红：家燕，今天怎么有空到渔厂来？你还欠我们 sashimi 呢。

家燕：今天我来替阿花。

舒红：别开玩笑了，楚家燕替阿花？

家燕：我没有开玩笑，我是认真的。晓潮说阿花请假了，我义务替她为你们做一顿饭，这样我欠你们的 sashimi 就还上了。

舒红：我听过你的故事，这一带的渔民都知道楚家燕是艺术家。今天我做饭，你和查晓潮都不许回家吃饭，在这里一起吃。每个星期一同各部门经理开完会，我们都会请他们留下来一起吃饭。只有查晓潮不会留下同我们吃饭，总是说，家燕在家等我。我就不明白，你们一顿不在一起吃饭都不行吗？今天正好你在这里，你同查晓潮和我们一起吃饭。我来做饭。

家燕：你不是不会做饭吗？

舒红：我会做，就是不想做。今天我来做。

家燕：我带了两条鱼过来，是我们家笼口里的石斑鱼。要不这样，我做 sashimi，你做你想做的菜吧。

舒红：一言为定！

家燕弄好了 sashimi 满满两盘，放在了桌上。她还带来了 wasabi。她把 wasabi 也挤到了两个小碟子里。

家燕：有酱油吗？

舒红：当然有！

舒红把酱油给家燕拿过来，家燕又把酱油分别倒在了两个小碗里。家燕把装有 wasabi 的两个小碟子和装有酱油的两个小碗都摆放在了餐桌上。

舒红做了一个清蒸小排骨和一个家常豆腐。她的助理陈洁敏做了一个香菜黍米牛肉羹，另一个助理范简萍还在办公室里做账。

家燕：哇，看起来很好吃耶。你们不是很会做很会吃的吗？平时也可以做呀。

舒红：做一天可以，360 天不行。今天只为楚家燕，我们的生产部经理查晓潮算是沾光。

家燕：是这样啊？等你结婚了，360 天就也行了。

舒红：剩女结婚？想娶我的人首先要确保我不做饭。

家燕：那有孩子了呢？

舒红：还没考虑。不过今天我的表现还不错吧？

家燕：有家了，你会改变的。

舒红：也许你是对的。

门铃又响了。

家燕：是晓潮！

家燕开门。

晓潮：饭做好了吗？做好了，我们走吧！

家燕：我答应舒红，我们一起在这里吃午饭。

晓潮：为什么？

家燕：我答应了。

晓潮：好吧，老婆大人。

晓潮边进入边问：孩子们呢？

家燕：孩子们和奶奶在一起。

晓潮：噢。

大家一起吃午饭。

范简萍：哇，查经理终于同我们一起吃饭了。

晓潮：要保密哦！

舒红：哇，好好吃的 sashimi，石斑鱼 sashimi！家燕，你不欠我了。

家燕：我喜欢你做的清蒸小排骨和家常豆腐，我会做给晓潮和孩子们吃，换换花样。

舒红：我现在知道了为什么查晓潮总是回家吃饭。有福气的男人！好，大家难得在一起吃饭，以茶代酒，我们干杯！

大家：干杯！

海边渔船上 老船长在整理自己的渔船

一个渔民经过，问：老查，在忙什么呢？

老查：这不，休渔期要到了，台风也要到了。我昨天又买了两个旧轮胎，给船的两边再各加一个轮胎，刚绑好。

渔民：我也刚给我的船又绑了四只旧轮胎，刚绑好。上次台风来时，我的船两侧各只有一个轮胎，我右边的船因为没有绑轮胎，台风中，两个船都碰掉了许多油漆，心疼了好久，所以这次学乖了。怎么样，一起打牌去？

老查：这次不行，下次吧。

渔民：你不是绑好了吗？

老查：我的船上的蓄电池该换了，一会有人送电池来。我还找人给蓄电池做了一个保护盒，这样蓄电池可以用得久一些。师傅马上来安装保护盒。

渔民：好主意，我也要给蓄电池做个保护盒。等你弄好了，我来看一下。好了，我先上岸了。

老查：回来见！

渔民：回来见！

老查同经过的渔民刚聊完，蓄电池就送到了。送蓄电池的人帮助老查把旧的蓄电池撤了下来，放到了车上，帮助回收。

电池师傅：我建议，你给蓄电池做一个盒子，保护得好，蓄电池的寿命会长一些。

老查：好建议。我也是这样想的，所以已经定做了一个盒子。知道你今天来帮助换电池，我就请做盒子的师傅也今天来帮助安装盒子，这样就安心了。

电池师傅：那太好了！那等他把盒子安装好，我再帮你接电池吧。

老查：盒子师傅可能还要有一会儿才会到。让你等，怎么好意思？那就先连接电池吧。

电池师傅：没关系！我跟他配合一下，看盒子是什么样的。最好还给蓄电池做一个固定的垫高。

老查：好建议！瞧，说曹操曹操到，盒子师傅到了。小孙你好！正盼着你呢！

小孙：有人盼就好！谢谢！

小孙从车上拿下为老查做的盒子。

小孙：这个盒子的底部是开放的，进点水可以自己排出，这个小架子固定在这个盒子里，进点水是沾不到电池的。

老查：上次定做的时候还没想到，你倒帮助想到了。太好了！想得周到。多少钱？

小孙：您给我们生意，这个额外加上去的小架子不用再额外付钱。

老查：那怎么行？

小孙：有需要还来找我们就行了。

老查：一定！那就谢谢啦！

小孙：不用谢！那我就赶快开始吧。

小孙用电钻先把盒子固定好了。

小孙：电池呢？

电池师傅：电池在这。

小孙：来，我们一起把电池放在架子上。

电池师傅：我自己行！不到50磅。

电池师傅搬起电池，把电池放在盒子里的小架子中间的卡槽里，正好卡住电池，这样电池在盒子里不会摇晃。

然后，小孙把盒盖子盖好。

小孙：盒盖上的三个圆孔都各有一个直径相同的3英寸长的塑料管，供电池的接线穿过这里，这样不会磨损电池的接线。

电池师傅：嗯，想得很周到。

小孙：好了！

老查：做得太完美了！谢谢！

小孙：还是要谢谢您给我的生意！谢谢！那我先回去了。

老查：好！谢谢！下回见！
小孙：下回见！
电池师傅开始给电池接线。
电池师傅边接线边说：同撤线相反，接线是先接正极，再接负极。好了，我的任务也完成了。谢谢您买我们的电池！
老查：不用客气！你送货到门帮助连接，还帮助回收旧电池，你的服务让我非常满意！谢谢你！
电池师傅：不用谢！好，我也回去了。需要电池再来找我。
老查：一定！

在渔排上

家燕：归置归置你们自己的东西，你们的东西铺得满地都是。
儿子：妈妈，爷爷说妈妈是天津人。天津是什么样的？
家燕：天津像妈妈写的诗。
儿子：妈妈写的什么诗？可以看一下吗？
家燕：当然，在妈妈的日记本里。
家燕从一个小纸箱里拿出她的日记本，翻到了她要找的那一页。
家燕：我来读给你们听。
儿子：妈妈，我来读。
家燕：好，你读吧。有不认识的字，可以问妈妈。
家燕把日记本递给了儿子。
儿子读：

冰挂雪娃

屋檐下的冰挂挂，
窗户外的雪娃娃。
摄氏零下的情怀，
塑造了雪娃冰挂。
太阳出来高高挂，
太阳融化了冰挂。
太阳融化了雪娃，
明年见雪娃冰挂。
明年再见冰挂挂，
明年再见雪娃娃。

儿子：我喜欢妈妈写的诗。现在我知道天津就是这样的：冰挂挂雪娃娃。

家燕：不是天津就是这样的。妈妈的诗描写的是天津的冬天，天津的冬天是这样的。

儿子：知道了，妈妈。天津的冬天是这样的：冰挂挂雪娃娃。妈妈，冰挂是什么呀？

家燕：温度在零摄氏度以下的冬天，会下雪会结冰。下大雪的时候，屋顶上就会有积雪。中午由于太阳的短暂照射，屋顶上的雪会融化，融化的雪水会顺着屋檐流下来。而当屋檐和空气中的温度还是处于零摄氏度以下的时候，从屋檐上流下来的水在流下来的过程中凝固成冰，确切地说是凝固成冰柱。这样形成的冰柱，靠近屋檐那一端比较粗，底端尖尖的，形状有点像胡萝卜。人们把这样的冰柱称作冰挂。胡萝卜有大有小，冰挂也有大有小。

儿子：知道了。那雪娃呢？

家燕：就是你在图画书中看到的雪人呀。北方包括天津都很冷，冬天下大雪，地上的雪积得很厚，人们尤其是孩子们喜欢堆雪人，然后在雪人的脸上放上两个煤球当眼睛，一个胡萝卜当鼻子。

儿子：什么是煤球呀？

家燕：儿子，你的问题太多了，妈妈有点累了。下回再问好吗？

儿子：好吧，我还有一个问题。

家燕：什么问题？

儿子："摄氏零度的情怀"这一句中的"情怀"是什么呀？

家燕：下回妈妈一起回答，好吗？

儿子：好的。妈妈我可以把这首诗抄下来吗？

家燕：当然可以，抄下来吧。

孩子在抄写《冰挂雪娃》，而家燕的思绪已经飞回了天津：

——下雪天，她和同学在学校打雪仗，追闹嬉戏。

——春节同哥哥姐姐放爆竹。哥哥在放爆竹时，家燕既想听爆竹声，又会撒娇般地捂上耳朵。

——在家拉小提琴，爸爸妈妈坐在沙发上听，欣赏女儿美妙动听的演奏。而妈妈想象着未来女儿在舞台上独奏的情景，观众献花，鼓掌。妈妈情不自禁地鼓起掌来，爸爸也随之鼓掌。

——最后是妈妈背过身子对她和晓潮说：你们走吧，永远不要回来！

爸爸面对着晓潮和家燕：查晓潮，在我动手揍你之前，你带家燕走吧。照顾好她！

儿子：妈妈，那你什么时候带我去天津玩？

家燕：妈妈今天教了你们10个词汇，你们都抄写好了吗？

儿子：妈妈，我要去天津！

女儿：我也要去天津！

家燕：以后妈妈带你们去！

儿子：妈妈今年冬天可以带我们去看冰挂挂吗？

女儿：妈妈，今年冬天我要去天津看雪娃娃。

家燕：不行！

孩子们吓了一跳。

儿子：妈妈，你生气了吗？我说错什么了吗？

家燕：对不起儿子，你没有错，你没有说错什么。妈妈也没有错，家燕爱晓潮没有错。

儿子：妈妈你怎么啦？

家燕：好了，孩子们，妈妈累了，妈妈也很想念天津的家人，想回天津看看。妈妈答应，以后带你们去天津玩。

儿子：妈妈，以后我不想吃鱼了。

家燕：我们是渔民，你不吃鱼你吃什么？

儿子：妈妈，我们家的渔排就是一个水族馆。昨天，我叫一只大龙虾"过来""过来"，他就过来了，他好像听懂了我的话。他凝视着我，我都被他看得不好意思了。以后我不吃大龙虾了。

家燕：龙虾不是鱼呀。

儿子：我也不想吃鱼了。

女儿：妈妈，我也不吃大龙虾，我也不想吃鱼了。

家燕：好吧，妈妈尽量给你们做其他可以吃的吧。

一个中午　海南岛台风骤起

突然狂风骤起，这才四月底，今年的台风提前来了。家燕和孩子们都还在鱼排上的小木屋里。狂风中大大的雨点已经落在了他们的小木屋的屋顶上。家燕和孩子们对提前到达的台风都没有准备好，感到有些害怕。渔排上的邻居们都在往岸上转移。村里的大喇叭里传来了村长关怀的喊声："风也匆匆，雨也匆匆，上岸要匆匆。请鱼排上的渔民，请渔船上的渔民赶紧上岸，不要磨叽不要磨蹭。安全第一！有安全就会有鱼，有安全就有幸福！"

黎安边防派出所所长带队，组织了全所官兵来组织和帮助渔民们上岸。他们需要在主力台风到达之前，确保渔排上的渔民们都已经安全离开渔排、渔船上的渔民们都离开渔船安全上岸。

渔排上有好心的邻居要带家燕他们一起上岸。可邻居的小渡船也都很小，家燕不想与孩子们分批或分船离开，就都回复说：谢谢！谢谢！晓潮就要到了。

家燕知道晓潮会赶回来的。新宇看到爸爸了！

新宇：爸爸！爸爸！

津津也喊：爸爸！爸爸！

晓潮的小渡船到达了木屋。晓潮安慰大家：爸爸在，都不要害怕！

晓潮把新宇抱到了船上，然后又把津津抱到了船上。最后晓潮把手递给了家燕，家燕拉住晓潮的手跨上了小渡船。雨下大了，风也更大了，他们的衣服都湿了，但一家人都在小渡船上了，一起向岸上转移。他们的小渡船上有风有雨，更有满满的幸福。

在岸上的家里　晓潮的担忧

时间已经很晚了，家燕和晓潮靠在床头的枕头上聊家事聊国事。

晓潮：这几天就先待在岸上。

家燕：好的，我会安排去喂鱼。

晓潮：今年这个1号台风提前了这么多天，这几天渔厂因为台风给大家放假。台风一过，我会上渔排去喂鱼，你和孩子在岸上多待几天。

家燕：上渔排要注意安全。

晓潮：谢谢老婆！台风过了，我才会去的。

家燕：知道了。

晓潮：家燕，我在渔厂上班，全家其他人也都是靠捕鱼为生，所以我常会想到过度捕捞的问题。

家燕：怎么了？

晓潮：我们现在收购的炮弹鱼也越来越小。像目前这样的过度捕捞，网眼越来越小，鱼宝宝都还没有长大，也都被捕捞上来，成了人类的盘中餐。海里的一些大鱼也没有了食物，无法繁衍，海鸟也没有鱼吃，也濒临绝种，令人担忧。对于捕鱼的管理，虽然比起以往政府也已经延长了休渔期，休渔期间也给了渔民多一些补贴，但我认为可以再延长一个月。总体来说，人类，我是说人类欲壑难填。我认为我们的政府可以给予优惠政策，吸引人们去开发西部，大家可以利用广大的陆地来种植庄稼和蔬菜水果、养殖禽类，供应人类自己。人类有陆地资源，为什么还要与海鸟们、企鹅们、海豹海狮们等海洋生物争夺海里的资源？说得普通一点就是我们人类为什么要同他们争食？人类变得越来越没有谦让，越来越贪婪，似不知"止"耳。

家燕：亲爱的，我完全同意你的看法和想法。但我们能做什么呢？讲到再延长休渔期，就算我们的政府再延长休渔期，我们再延后去捕鱼，但其他国家不延长休渔期，鱼不就给其他国家的渔民捕捞走了吗？

晓潮：渔婆说得有道理，但这不能成为不再延长的借口。

家燕：我喜欢渔翁认真的态度。

晓潮：渔婆的道理是在于全世界须统一认识，统一延长休渔时间。

家燕：哎，我到底是渔婆还是老婆？

晓潮：老婆！老婆！

家燕：这还差不多。

过了一会儿，晓潮继续说：除了过度捕捞的问题，还有，污染问题，像压舱水、洗舱水、舱底水、舱底残油、船舶溢油、人类的排泄物等都经船舶带给海洋了。这些污油、污物、污水在慢慢地损伤海洋生态环境的平衡，十分令人担忧。机动船给海洋生物带来的噪声，损害着海洋生物的听力系统，也损害海洋生物对海洋世界各类伙伴们声音的辨识能力。有时候真的想问，一定要等到海洋生物都快消失了或海洋生物出现了各种病变才罢手吗？整个世界好像失控了，没有克制，没有管理。

家燕：晓潮，你知道吗？

晓潮：知道什么？

家燕：我从来没有创作欲，除了会拉小提琴，与音乐方面的其他领域都没有关系。但听你这样感叹，如果我能的话，我真想为你创作一首歌，叫《晓潮叹》。

晓潮：好了，亲爱的，晓潮的叹有什么用呢？

家燕：有人叹，就有人唱。有人唱，就有可能深入人心。

晓潮：然后呢？

家燕：然后？不知然后！未来无法预知。

晓潮：那就只能等待地球的设计者来裁决人类的不是了。平时，我们能做的就是自己在处理污油、污物、污水时，带着环保的意识按海洋环保法里的规定、细则和要求去做就是了。

家燕：亲爱的，我喜欢你这样为大自然为人类担忧的情怀。是的，我同意我老公说的，我们也只能从自己做起做好。对了，六一儿童节我们带孩子去深圳好吗?

晓潮:好的!

全家在深圳玩碰碰车

家燕看着晓潮和孩子们一起开碰碰车,玩耍得好开心,家燕的思绪有点跑远了。她想起她和晓潮在天津时曾经的一段对话:

晓潮:你怎么确定我爱你?

家燕:因为你很照顾我啊。

晓潮:我照顾你是我的工作。

家燕:我看得出你是用心的。

晓潮:工作当然要用心。

想到这,家燕自己一个人笑了。看到晓潮和孩子们玩得开心,大喊:我也要玩!

七月份的一个下午 渔排上
家燕突然接到家卉的电话

家卉:家燕,妈妈走了。

家燕:妈去哪了?

家卉:妈去世了。

家燕:不,不可能的!

家卉:节哀顺变吧。

家燕：不，姐姐，这不是真的！这不是真的！

家卉：妹妹，这是真的！

家燕：发生什么事了？妈妈她怎么了？

家卉：你走后，妈妈很想你。妈妈想你，但不说。后来常常有心绞痛。医生给她开了救心丸，让妈妈随身带着，以防万一。那天上班的时候，妈妈突然出现心绞痛，可她忘记把救心丸带在身上了。同事们叫了救护车，已经来不及了。救护车到达之前妈妈已经走了。

家燕在电话里禁不住大喊：妈！妈！

家卉：你还记得吗？我上次在电话中已告诉你和晓潮，爸爸告诉过我，他和妈妈也都后悔让你离开天津。他们觉得那一念之差，就让你去了天涯海角，让他们十分挂念，挂念得不行。但爸爸妈妈不好意思在晚辈面前承认他们做了错误的决定。

家燕：我记得。我不怪爸爸妈妈，晓潮也理解，我们都没有怪爸爸妈妈。我可以回天津给妈妈磕头吗？

家卉：先别吧。本来爸爸也原谅晓潮了，原谅你们了，爸爸已经找人在安排你们回天津。但妈妈一走，爸爸又开始怪晓潮了，当然也怪你，心情非常不好。以后吧。

家燕：好吧。姐姐，我好难过，我想自己哭一会儿，我放电话了。

家卉：好！

放下电话后，家燕伤心到不行，心理好痛，痛到跪在了小木屋的地板上，头着地板，把脸庞埋在了双手里，放声大哭：妈妈，家燕好久没有机会喊妈妈了。妈妈！妈妈！妈妈！妈——

新宇和津津听到妈妈的哭声，都跑来妈妈的房间。

新宇：妈妈！妈妈！你怎么了？

津津：妈妈！

家燕立即停止了哭泣。她知道她这样会吓坏孩子们。

家燕：没什么！没什么！妈妈有点不舒服。回你们房间继续看动画片。

孩子们继续看动画片。家燕背靠着床，坐在地上发呆。

家燕告诉晓潮悲痛的消息

晓潮回到家，看到家燕两眼红红的。赶紧问家燕：怎么了，亲爱的？

家燕：家卉来电话说妈妈去世了。

晓潮：你说什么？

家燕：是真的！

晓潮：妈妈怎么了？

家燕把姐姐说的话都转述了一遍。

晓潮：我觉得自己是楚家的千古罪人。

家燕：晓潮，你不许这么说！爸爸妈妈都原谅我们了，应该是原谅了我的任性，原谅了我们执着地相爱相随。你不要自责了，爸爸妈妈都知道，没有我的执着，是谁都娶不到我的。妈妈走了，我很难过，但我知道哭也挽回不了妈妈的生命。我知道你也很难过，会有一天我们一起去祭拜妈妈，去当面向妈妈说声对不起。

晓潮：好吧，听你的！我来做饭吧。

家燕：不用。孩子们看我哭，他们吓坏了。我同他们说，没什么，妈妈不太舒服。我没有告诉孩子们发生了什么。我今天没有心情做饭，但昨天有剩饭剩菜，可以吗？

晓潮：当然可以！剩饭剩菜味道会更浓。

家燕"噗嗤"笑了出来说：这会儿还开玩笑。

晓潮：老婆，请原谅，不是玩笑，是说真的。

家燕：好吧，日子还是要过下去。你去同孩子们说说话吧，饭一会就热好。

晓潮：不饿的，慢慢来。

家燕：快去吧！

晓潮：好的！

时间过得好快 一晃孩子们都二年级了

在渔排上的木屋里

家燕：宝贝们，这个五一节，妈妈给你们布置的两篇作文你们写了吗？

新宇：是以"我"字开头自选话题的作文吗？

家燕：是的。妈妈要求的是作文字数200—300字。

新宇：我都写好了。

津津：我也写好了。

家燕：如果写好了，就念给妈妈听。谁先念？

新宇：我先念！

津津：我先念！

家燕：哥哥先念吧！

新宇开始念：

我的泰迪熊

不久前,我同妈妈一起去百货商店购物时,看到玩具架上有一只可爱的泰迪熊,妈妈见我喜欢就为我买了那只泰迪熊。

他的眼睛非常的逼真,像X光机一样能看透我的心思。我开心时,他也开心;我悲伤时,他也悲伤。

他身上那长长的棕色的绒毛,摸起来非常的柔软,毛绒绒的。我从来没有机会摸一下真熊身上的毛毛,不知是不是也一样的柔软。

这只泰迪熊一副憨憨的模样,他不对我吼叫,也不伤害我,挺绅士的。在我郁闷的时候,还逗我开心。

我真的好喜欢这只泰迪熊。我们已经是好朋友了。我想无论我今后到哪里,都会带上我的这只泰迪熊。

妈妈,我念完了。您帮我评判或修改一下我的这篇作文好吗?

家燕:你写得很好呀,不需要妈妈的修改。那妈妈就评判一下你的作文。

——漂亮的开头:平叙,简洁、直接、点题。

——中间三段,你抓住了玩具teddy bear的三个特点:一是眼睛,二是绒毛,三是模样。三点分别写,有事实和描述,有自己的感受,非常好。我的语文老师曾经说过,一个玩具或一个物件或一件事情,他们有许多方面你可以谈、可以写,但是由于时间有限,这里的时间有限是指除了作者的时间有限,读者的时间也有限,都是要考虑的因素。还有字数的要求,作者要尽可能地抓住重要的三点来写。比如说,你的teddy bear除了眼睛、绒毛、模样外,他还有鼻子、嘴巴、耳朵、四肢等,但是一个动物的眼睛是他的灵性所在,眼睛透露着思想和情感,透过眼睛可以交流,这点你已经写得非常透彻了;还有他的绒毛和憨态可掬的模样,是孩子其实不仅是孩子，连成人也都会看了立即喜欢。很高兴新宇可以抓住三个重点来写。

——完美的结尾：结尾照应开头的"喜欢"二字、"可爱"二字。

中间三段支持了你结尾那段更喜欢泰迪熊的结语。结尾的地方，你用"真的""好朋友"到哪都带上他等文字表达了你比开头那段中更加强烈的喜爱。这种更强烈的喜欢是有特别的根据的，是根据你在文章中间写出你对泰迪熊可爱之处进一步地感知，并且他的可爱之处还给你带来帮助，因此你才更喜欢。所以你在文章结尾的地方在照应开头的"喜欢"二字时，还表达了更强烈的喜欢。

结尾照应开头是非常重要的，让人觉得一篇文章有头有尾。否则会让人觉得一瓶神奇的墨水盖子打开了，之后没有再盖上，神奇的墨水随时都会流掉。开盖子和盖盖子，用的都是一个盖子。当然写文章同开盖子和盖盖子只是有相似的地方，还是有区别的，文章最后盖上的盖子同打开时的盖子是一个盖子，但盖上的盖子要比打开的时候更好、更强、更美。这样会让瓶子里神奇的墨水更加神奇。如果说开头打开的瓶盖是 1.0 版，结尾盖上的瓶盖就是一个升级版或可说是一个加强版。这在本质上是一样的，也就是要表达的意思是一致的，只是在表达上更加强烈一些。

另外，怎样写，即怎样开头和结尾，在中间主体部分是使用一段来写呢，还是按要点来分段写呢？不过如果用分段写，当然是有几个要点就分几段。主要是先决定要点，你也就决定了段数。再有，因为你的文章比较短，中间三段也可以并成一段，三个要点就会是该合并段中的三个层次。

你现在合并你作文的中间三段试试看，请标注层次。

过了一会儿。

新宇：妈妈，我合并好了。

家燕阅：

我的泰迪熊

不久前，我同妈妈一起去百货商店购物时，看到玩具架上有一只可爱的泰迪熊，妈妈见我喜欢就为我买了那只泰迪熊。

（第一层次）他的眼睛非常的逼真，像X光机一样能看透我的心思。我开心时，他也开心；我悲伤时，他也悲伤。（第二层次）他身上那长长的棕色的绒毛，摸起来非常的柔软，毛绒绒的。我从来没有机会摸一下真实的熊身上的毛毛，不知是不是也一样的柔软。（第三层次）这只泰迪熊一副憨憨的模样，他不对我吼叫，也不伤害我，挺绅士的。在我郁闷的时候，还逗我开心。

我真的好喜欢这只泰迪熊。我们已经是好朋友了。我想无论我今后到哪里，都会带上我的这只泰迪熊。

家燕：非常好！标注得很清楚。当然这个标注是妈妈的要求，你今后写作文的时候如一段中有几个要点或一个要点有几个分点，就像这样，分层次写清楚，但不要标出层次。今天标出层次只是妈妈的要求。

新宇：知道了。

家燕：那这三个要点，你喜欢使用三个段落还是一个段落三个层次呢？

新宇：我喜欢用三个段落写。不过妈妈说得对，这篇作文很短，把中间的三段合并成一段含三个层次显得更加简洁，我就选用合并。

家燕：很好！当然，如果使用的格式是：开头、中间主体部分三个要点分三段写、再加结尾，很符合标准格式：五段三要点。不过查新宇最后选用是开头、中间一段三要点三层次、结尾这种"开

头 + 中间一段 + 结尾"的格式，总共三段格式，妈妈也很喜欢，很适合短小的作文或文章。反正新宇喜欢，妈妈就喜欢。那么，请去掉标注，整理后再抄写一遍好吗？

新宇：好的。

家燕：最后妈妈想说的是，事实和描写加评议和感受的结合才会是一篇有主题（中心思想）的完整的作文。这点新宇做到了。

当只有事实和描写而没有评议和感受的时候，让人不禁想问，你想说什么呢？你想通过事实和描写来表达什么呢？如光有感受，没有事实和描写及评议，让人不禁要问，你的这种感受从哪里来的呢？换句话问，你的这种感受的依据是什么呀？是什么人或什么事情或什么东西让你有这种感受呢？

不过，我在读书的时候，我的老师曾经说：有一个例外，那就是记者在报道一个事件的时候，要客观中立，往往只能写事实描写，不写自己的评议和感受，而评议和感受留给读者。但你不是作为记者专门写报道，你的文章应该是写事实和描写加你的评议和感受。

好了，妈妈现在可以写评语了。

家燕在新宇写的《我的泰迪熊》这篇作文的下面写道："作者抓住了 teddy bear 的三个十分突出的特点来写，说明你的观察和思维都非常的清晰，你写出来的自己的感受让读者感同身受，至少让妈妈感同身受。在结构和写法上，文章有开头，开头点题；中间主体部分要点明确，层次清楚；文章有结尾，文章的开头点题，而结尾又照应了开头，结尾处表达的喜爱的情感是因为对泰迪熊的进一步的接触和感知而表达得更加浓烈。作文中没有堆砌词藻，语言纯朴，文中有灵动的互动，表达真挚。作文紧扣主题：不久前（时间），妈妈给我买了一个玩具泰迪熊（事实），这个泰迪熊十分可爱（评议），我非常喜欢他（感受）。该篇作文写得很好！"

家燕写完评语后,说:所以妈妈要恭喜你!不过,听完你念的作文,妈妈才知道你有悲伤的时候,能告诉妈妈为何悲伤吗?

新宇:每当放学回来,发现笼口里长大的鱼没有了,知道再也看不见他们了,就会悲伤。

家燕:这样啊?为什么没有同妈妈分享你的悲伤?

新宇:同妈妈分享我的悲伤也不能把他们再找回来,还会给妈妈徒添烦恼。找我的泰迪熊就好了。

家燕:知道了。那郁闷呢?

新宇:算数考试没有拿到满分,不是因为不会做,是因为太大意,就会郁闷。

家燕:是为这个呀。那你郁闷的时候,除了 teddy bear 逗你开心,自己怎样消除自己的郁闷呢?

新宇:争取下回考 100 分。每次考 100 分时,就非常的开心,就不郁闷了。妈妈,您知道开心的感觉吗?

家燕:当然知道。你开心的时候,妈妈也为你开心。你能得到 90 分以上就都挺好的。所以也不要太在意自己的考分好吗?新宇尽力了,妈妈就开心,知道吗?

新宇:知道了。谢谢妈妈!

家燕:不用客气,宝贝!新宇知道妈妈开心时的感觉吗?

新宇:当然知道!

家燕:谢谢宝贝!

新宇:不用谢,妈妈!

家燕:那就替我谢谢你的泰迪熊。他帮助我的儿子就是帮助儿子的妈妈。

新宇:好的。

家燕:通过这篇作文,妈妈发现妈妈的宝贝能找到办法解决自己情绪上的一些问题了,妈妈非常欣慰。好,念第二篇吧。

新宇念:

我们家的小木屋

我们家的小木屋在渔排上。它像船是因为它看似漂浮在海上,它不是船是因为它从不出海航行。因为它在海上,我们每天都能看到大海,晚上伴着涛声入睡,早上在涛声中醒来。因为它不需要航行,我们就不需要担心无法预测的风浪,而感到的是平安。

窗外海上的海平线,让我有很多遐想,会想如果我们的小木屋能够航行,需要多久能到达大海的彼岸?

我们小木屋的窗户很小,但窗外海浪气势磅礴。望向我们小木屋的窗外,常会想到《宿甘露寺僧舍》那首诗里的两句诗句:

要看银山拍天浪,

开窗放入大江来。

如果曾伯伯同意,我就把上面的两句话改成

要看银山拍天浪,

何需开窗放进来。

这就是我们家的小木屋。

我喜欢我们家的小木屋,虽然不能出海航行,但我们全家可以乘着它航向未来的每一天。

妈妈,我念完了。

家燕:哇,写得非常棒!比妈妈二年级的时候写得好。(1)小作者先是简要地告诉读者小木屋是啥样的,以及住在里面的感受。其实小木屋是什么样的可以说出很多,比如它是正方形的,还是长方形的?屋顶是平顶,是尖顶,还是圆顶?但是小作者抓住了一个与其他住房非常不同的特点来写,可以说是抓住了特点和重点。住在里面的感受有很多，但新宇也抓住了重点：平安和涛声。无论是说小木屋是什么样子的还是住在里面的感受，都与海有密切关系，这事实上就是我们的小木屋与众不同的地方。总之，作者抓住了特点和重点。（2）写了窗外的海平线让你遐想；（3）写了窗外的海浪让你联想到曾公亮的诗句，增加了文章的深度；窗外的景象除了让你联想，还给你灵感去化用曾伯伯的诗句，很好。语句朴实、简洁，表达很贴切。段落分明，重点突出。有近景有远景，有深度有气势有愿景，结尾寓意深远。非常好！

其实，家燕的孩子们才小学二年级，家燕说的话她的孩子们未必能完全听懂。但是楚家燕就是楚家燕，她希望用自己的方式来辅导自己的孩子。

家燕评论完《我们家的小木屋》继续说：其实一个人写的文章就像你听过的一些音乐，在音乐刚开始的时候非常地轻柔委婉，逐渐地逐渐地音符越来越强，和声越来越多，更加丰富，表达的力度也越来越强，常常在结尾的时候会在高音的地方戛然而止，但会余音绕梁。新宇的这篇作文就是这样渐进式然后给予一个强有力的结尾，整篇文章余味无穷。

无论是瓶盖子的比喻还是音乐的比喻，都只是比喻而已，一切都在于你的认知和感受及你的写作风格。不要太特意去追求风格，一个文章最重要的是它陈述的事实和承载的意义和你表达的感受。有些文章辞藻华丽，但不知所云。有些文章看似普通，但传达了重要的信息，或讲了一个有意义的故事，或分享了自己对某些事件或事物的看法和感受，让读者学习到什么，或收获了什么，或分享到什么。

不过渐强模式也只是很多写作模式的一种。音乐乐曲或歌曲也有在开头就很高亢激昂很强烈的，而结尾渐渐地"远去"，直至结束。但一个简短的作品也只能选择一种方式，不是吗？这次这样写,下次那样写,这样你呈现的作文形式会是多样的,多彩的。好了,现在我们来听津津的作文。

津津开始念她写的作文:

我最喜欢的餐馆

我们一家有时候会出去吃饭。"珍珠哎"是我最喜欢的餐馆,因为它的饭菜很合我的口味,服务也好,也很干净。

它的菜单并不是很长,但它的菜单上有我爱吃的鱼香肉丝。这道菜里面的肉丝和胡萝卜丝和青椒丝都切得很细,味道很浓,还有点酸酸的,非常可口。我还爱吃他们做的蒜片九层塔鸡翅。

他们的服务员阿玉特别友好,每次我们进门,她都会说"欢迎光临"。这让我觉得很温馨。阿玉会在我们点菜之前为我们倒茶,服务特别周到。一次我不小心把筷子弄掉了一支,她立即就送来一副干净的筷子,为我替换了原先的那副筷子。

"珍珠哎"餐馆虽然不大,也不华丽,但十分洁净。桌子擦得非常干净,地上没有一点污迹。每张餐桌上都有一个小小的告示牌,上面写着"消毒碗筷放心使用"。

我非常喜欢"珍珠哎"。我还向爷爷奶奶推荐了"珍珠哎",我告诉他们"珍珠哎"是我最喜欢的餐馆。

家燕:津津,你的这篇作文也写得很好。有开头,有结尾,中间也抓住了三个重点。为什么说是重点呢?比如一家餐馆,有很多方面可以写:

可以列个清单

餐馆外面是什么样子啊?

餐馆在几楼啊?

餐馆的门是不是很漂亮啊?

餐馆的门是朝南还是朝北？

是朝东还是朝西？

餐馆是在闹市区还是在宁静的街区？

交通是不是方便？

里面的墙是什么颜色？

天花板高还是矮？

里面的灯光是明亮还是不够亮？

墙上有什么画？

饭菜是不是好吃？

服务是不是好？

是不是很卫生？

……

你都可以写。但是津津选择了三个最重要的方面来写，非常好！这就是看重点、写重点。一个餐馆的饭菜是不是好吃很重要，一个餐馆的服务很重要，一个餐馆是不是干净很重要。

清单中列出的其他方面比起这三点都是"次重要的"。在有时间或篇幅字数没有限制的情况下，你可以多写几个方面。比如，你是记者，你向大众报道这家餐馆的情况，你可能会写得比较全面。如果该餐馆为自己做宣传，也会写得面面俱到。如果你时间多，也许你可以写五点或六点或更多点。但是，当老师规定你作文字数的时候，你不能多写，或考试的时候你没有时间多写，你就会拣重点中的重点来写。津津在有限的字数和篇幅中，抓住了餐馆最重要的三点——（1）饭菜、（2）服务、（3）卫生来写她为什么最喜欢这家餐厅。所以，妈妈认为你的这篇作文有开头、有重点、有结尾。结构非常完整，内含细节。在有限的篇幅中说明了为什么自己最喜欢该餐馆。语言纯朴简明，没有华丽的辞藻，但表达得非常清楚。

津津：谢谢妈妈！我写的第二篇是《我的小海螺》。

家燕：好，念给妈妈听吧。

津津念：

我的小海螺

今年初九，爸爸已经上班了，妈妈带我和哥哥去亚龙湾赶海。海水刚刚退去，妈妈挖到了几只蛤蜊和青蟹，哥哥和我都在沙滩上捡到了一些小海螺。

我捡到的小海螺中有一个同我的手掌一样大，里面空空的。我会想原来里面住的是谁呢？

这个小海螺的外表并不光滑，上面有些凸起的小山丘。但是这只小海螺的里面非常非常的平滑。会不会是里面的原住民滑了出来，就再也回不去了？

这只小海螺没有办法回答我的问题。我看不到小海螺顶里面是什么样子的。会不会答案都在这只小海螺的顶里面呢？

希望有一天他能向我讲述他的故事。

家燕：哇，这篇小短文写得也很好，也比妈妈二年级写得好。"

突然，家燕想起了什么：哎呀，宝贝们，爸爸就要到家了，晚饭还没有煮好，等吃完晚饭妈妈再来同你们讨论好吗？

新宇、津津：好的！

家燕发现炉子上锅里煮的汤都快干了，但看到孩子们的成长和写出来的好文章，心中满是喜乐和欣慰，也庆幸自己还记得读书时老师给予的教导和指点，今天都用上了。

一个下午
渔厂的老板林先生和舒红她们到访渔排

晓潮的渡船载着林先生、舒红、洁敏、简萍到了,好热闹呀。

舒红:家燕,我们来了!

家燕:欢迎光临!

家燕伸手将每一位女宾从小渡船上拉上小木屋的"甲板"上。林先生自己跳上了"甲板",家燕伸手将晓潮拽了上来。

孩子们在屋里看动画片,两个孩子从不会因为甲板上的热闹而中断看他们的动画片。

来宾们大多盘腿席地坐在小木屋的外"甲板"上。

晓潮从渔网里捞上来一条龙胆鱼。家燕开始为大家做 sashimi。

林先生:晓潮,能给我们大家讲讲你和家燕的故事吗?你是怎样娶到家燕的?

晓潮:她说服了我。

林先生:她是怎样说服你的?

那一幕又闪现在晓潮的脑海中。

家燕说服晓潮娶她

在楚军长家的书房里,家燕正在写作业。查晓潮敲门。"请进!"家燕说。晓潮推门进来,将一份军报放在了楚军长的茶几上。晓潮转身正要离开,见家燕站在他身后的不远处。

家燕:查晓潮,你会娶我吗?

晓潮：你这样吓到我了，这是我不能承受的。

家燕：为什么？

晓潮：因为我们之间的差距太大了。

家燕：什么差距？

晓潮：我们门不当户不对。你爸爸是军长，我爸爸是渔民。

家燕：他们俩都有一份工作，门当户对！还有呢？

晓潮：我只是一个士兵，而你未来会是一个大学生，又是会拉小提琴的艺术家。

家燕：还有呢？

晓潮：你们住在别墅般的大房子里，我家住在渔排上。

家燕：渔排？什么是渔排？

晓潮：就是海上的小木屋。小木屋的周围都是海水，木屋的周围的海面上摆放着与小木屋连在一起的方形的大木格，木格下面是钉在木格上的渔网，渔网里面养鱼，这样养的鱼在出售之前还是在海水里生活。我们将鱼卖给海鲜市场，或餐厅或来宾或个人。

家燕：大海，蓝天，白云，木屋和游水的海鱼。你们渔排上的渔民拥有这大自然的一切美好和浪漫，渔排上的夜晚一定是舒伯特的小夜曲。还有吗？

晓潮：不可理喻！你的超级想象力会误导你。你出门坐小轿车，在我们那里人们只能骑摩托车。

家燕：我还没有坐过摩托车。将来同你回家探亲还可以在摩托车上兜风，你戴着头盔，十足一个黑猫警长。我坐在你的身后，搂着你的腰，算是警长夫人吧！那是一种无比的浪漫。还有吗？

晓潮：你是北方人，我是南方人。我们那里人们常常会赤脚或穿拖鞋。你不会习惯的。

家燕：还有吗？

晓潮：你真的不可理喻。我不同你说了，你如果听到了我说的话，就请好好地想想吧。

家燕：好，我会好好地想一想。无论什么结果，你都得接受。

晓潮：那要看是什么结果。

家燕：这不公平。你既然让我想一想再回答你，那你就要接受我想好的结果和给你的答案。我爸爸常说人无信不立。你刚才做的那些比较，不是问题，顶多算是不同。但重点是我知道你也爱我就足够了。还有，楚家燕喜欢的男生必须言而有信，顶天立地。

晓潮：楚家燕，我说不过你。就让我们看看查晓潮和楚家燕有没有缘分吧。

家燕：好！就让缘分来定吧。

小木屋的"甲板"上

晓潮：就是这样说服的。

舒红：多么美丽的爱情故事，我希望自己也可以说服什么人娶我。

家燕：你也一定可以。

舒红：我会试试。

林先生：你还是别试。你要是出嫁了，我们的渔厂怎么办？

舒红：我可以推荐接班人。

林先生：你真的要嫁人了？不是在开玩笑啊？

舒红：我要说服他娶我。

林先生：虽然我们渔厂不想看到舒红出嫁，但还是要恭喜舒红。

舒红：八字还少一撇，现在恭喜还太早了耶。

林先生：那就让我们举杯先恭喜查晓潮和楚家燕，你们用人生书写了一个美丽的爱情故事。来，舒红、洁敏、简萍，让我们一起恭喜查晓潮娶到楚家燕，虽然是迟到的恭喜，可喜可贺！来，大家一起干杯，为美丽的爱情！

晓潮、家燕：谢谢！

提拔晓潮为副总经理

晓潮在熏鱼房正忙着呢，简萍来找他，说林先生有事找他。晓潮和简萍一起回到了小二楼。

林先生：晓潮，你知道我今天找你来为什么事情吗？

晓潮：不知道。

林先生：我原来以为舒红在开玩笑，现在我知道她不是开玩笑，她很快要结婚了。

晓潮：那很好啊！

林先生：她未来的老公在成都也有生意，她会去帮忙。

晓潮：这样啊？

林先生：是的。舒红很有管理能力，只是女大当嫁，留不住她。我请你来，是想让你带职实习。我们的柴渔厂不大，只是上海泛太平洋食品有限公司需要的熏干的鲣鱼的供应基地，本来是没有副总经理一职的。从今天起，查晓潮将是我们渔厂的副总经理兼生产部部长，希望在舒红离开之前，你能熟悉对渔厂各部门的管理，尤其是财务和销售方面，以及厂里的对外事务。比如同政府有关部门的联络沟通，同渔村各管理委员会的沟通，参加他们召集的会议，及时得到他们的通告和通报，这样我们渔厂可以与时俱进。尤其是环保方面，政府常常会有新的要求和规定，很多事情需要你熟悉。公司的管理不同于单一的生产部的管理，将来公司的业务会拓展，现在你们部门生产的是半成品，在上海刨片后成为柴鱼片销往日本。以后，我们这个半成品基地也会增添设备，直接将我们自己熏制的鲣鱼干进行刨片，销往除日本以外的一些其他市场。

晓潮：董事长，我没有经验，恐怕难当此大任。

林先生：经验是经历后就有了。学校里学生是在课堂上学习管理，那叫纸上谈兵；而你在管理方面的知识是可以向舒红学习的，是实战练兵，不是更好吗？是舒红推荐了你，她非常欣赏你的人品和工作态度，她极力推荐查晓潮。而我呢？没有意见！接受"授衔"吧！

晓潮：是！但还是担心自己没有管理方面的经验。

林先生：在这方面，舒红会全力帮你。舒红走后，你还有我，不要担心！我后天就要回去了，明天全体职工大会上，我会向大家宣布这一好消息。恭喜你，我们的副总经理查晓潮！

晓潮：谢谢董事长的信任和重托，一定完成任务！

董事长：我就是喜欢查晓潮的军人风范！好，下班了，赶快回家吧。我后天走，替我谢谢家燕和她做的 sashimi。下回来大家再聚。

晓潮：好的，谢谢！

晓潮的摩托车在下班的车潮中，向渔排上的小木屋前进。此时此刻，晓潮非常开心，虽然他知道自己要学习的东西还很多。晓潮情不自禁地对自己说：查晓潮，加油！他踩了一下油门，他的摩托车超越了周围的车辆。

3个月后　星期五的上午
林先生给晓潮打电话

　　林先生：查副总，你好！

　　晓潮：董事长好！您现在在哪里？

　　林先生：我现在在上海，我下星期二到陵水。舒红告诉我她下个星期五就要回成都了，我会安排在舒红走之前你和舒红进行工作交接。三个月的学习和实习，准备好了吗？

　　晓潮：准备好了！对了，董事长，昨天刚看到上海来的一个订单，订单上的柴鱼干的购买数量比以往有些下降，正要向您报告呢。上海那边有什么问题吗？

　　林先生：没有问题，放心好了。到了渔厂，我会同你详细聊。我们星期二见！

　　晓潮：好的，星期二见！

星期六凌晨　老船长让晓潮代班一天

　　老船长凌晨打来电话。

　　老船长：晓潮，爸爸刚才起床觉得有些头晕，想吐，可两位船员已经在船上等候了。你替爸爸一天吧！休渔期刚过，我们需要鱼，这两个孩子需要的是工作。

　　晓潮：替班没有问题。爸爸，您怎么了？要紧吗？

　　老船长：我觉得不要紧。现在是2点半，多睡一会儿就会好的。

　　晓潮：那好，爸爸您接着睡吧，晚点起床，我这就上船去。阿亮和阿明已经在船上了吗？

老船长：他们已经在船上了，看我没到，就打来电话问情况。我告诉他们我不舒服，会请晓潮带他们出海。他们会等你。

晓潮：知道了。爸爸，您休息吧，我这就过去。

老船长：谢谢儿子！注意安全！

晓潮：爸爸不用客气！我会注意安全！放心吧！

晓潮放下电话，同已经醒来的家燕说：亲爱的，回来见！

家燕：回来见！注意安全！

晓潮亲吻了一下家燕，说：会的！放心好了！

说完，晓潮穿好衣服，替家燕关上了卧室的灯，划着小渡船离开了。

家卉突然接到家燕的电话

家燕：姐姐，晓潮——

家燕哭了。

家卉：晓潮怎么了？

家燕：晓潮替爸爸出海，船出事故了，找不到晓潮了。

家卉：发生什么事了？怎么会这样？怎么会这样？

家燕：听被救回来的船员说，和晓潮他们一同出海的渔船向周围的船发出呼救，说他们的船不知碰到了什么，船底出现裂缝，船进水了。晓潮的船就在附近，所以晓潮加速赶了过去，想把他们接到自己的船上。就在接近事故船的时候，事故船失去了控制，打了一个转，撞上了晓潮他们的船，晓潮的船也开始进水。船上只备有两件救生衣，听被救的船员说晓潮命令两位船员穿上救生衣，自己拿了一个救生圈，他们仨一同离开了进水的船跳进了大海。那天海上的风浪很大，一个多小时后，援救人员救起了晓潮的两位员工。到现在还没有找到晓潮，已经是第三天了。事故船上也有两个人还没有找到。姐姐，我该怎么办呀？如果晓潮回不来了，我也活不下去了。

家卉：你理智点好不好！还有孩子呢！

家燕：全家都已经乱成一团，海监队的船一直在搜寻。晓潮的哥哥和两个妹妹，还有其他亲友都开着渔船在事发海域搜索。姐姐，我快要崩溃了，晓潮爸爸因为自责快要疯了。妈妈只是看着大海，以泪洗面，不说话。

家卉：姐姐也难过得不知道说什么，我会先告诉哥哥。不管是好是坏，等有结果了我会告诉爸爸。你先照顾好晓潮的爸妈吧，有消息立即通知我们。

家燕：好的，我挂电话了，我要去找晓潮。

家卉：好的，等你的消息。

家燕接到小姑子的电话

家燕刚放下电话，就接到了小姑子的电话，说晓潮找到了，但晓潮走了。家燕赶到了渔村的码头，那里已经聚集了很多亲朋好友和村里的人。帮助救援的渔政监察大队的救援船渐渐驶入，身着救生服的人员从船上用担架将晓潮抬了下来，晓潮的身体上盖着一个毯子。

家燕奔跑上前，去迎接晓潮冰冷的尸体。

救生人员为家燕停住了脚步，可是晓潮的两个妹妹还是紧紧地拉住家燕，阻止家燕靠近担架。

家燕哭喊着：晓潮，晓潮，你不能走！你不能走！你走了我怎么办？你走了我怎么办？孩子怎么办？你为什么没有照顾好自己？你说会安全回来的——为什么？晓——潮——是我害了你，你本可以留在部队的，你这么优秀，是我害了你，对不起晓潮，对不起——

家燕跪在了沙滩上。晓潮的两个妹妹也都跪在了家燕的身旁，安抚着家燕。

家燕撕心裂肺的哭喊，让现场所有的人都忍不住了，哭声一片。

半年后　家卉请家燕回到天津

电话里：

家燕：我回到天津能做什么呢？

家卉：能做什么不是重点，先回到天津再决定吧。至少这边的学校都比较好，孩子们可以接受更好的教育。

回天津之前

在岸上，家燕回头看了看她、晓潮和孩子们生活了9年的小木屋。这个能遮风避雨、能给他们带来收益的渔排上的小木屋是公公婆婆送给他们的结婚礼物：一个小木屋和连着木屋四周的笼口。家燕经营自家的笼口，有来渔排上做客的游客，家燕会在每人付30元后，在木屋的甲板上用sashimi招待他们。渔排上的每家每户都这样为陵水的旅游业做着贡献。平时,也有餐饮业的人员专门来向家燕和她的邻居们订购,也有零散的客人专门开车来为自家的晚餐或派对现购渔排上笼口里养的生猛海鲜。晓潮在柴渔厂上班,也有固定的薪水。他们每年有可观的收入,他们在岸上的渔乡之村也盖有自己的较现代化的新房子。但他们还是喜欢以渔排上的小木屋为基地,像渔排上其他渔民一样生活着,他们已经不知道待在现代化的房间里能做些什么了。

看完最后一眼他们的小木屋,家燕和孩子们上了晓潮的哥哥阿晨的皮卡车,哥哥和大嫂帮家燕和孩子们把行李都放在了车的后面。他们先到达了公公婆婆家,家燕向公公婆婆还有两个妹妹和妹夫们道别。查家人的淳朴、朴实和勤劳、热心助邻以及对她和孩子们的照顾历历在目,都印在了家燕的心里。今天此时此刻的景象让人想到长亭外古道边送别亲人的情景,老老少少都满面泪痕,互道珍重。

爸爸说:问家人好!常来电话!

家燕:会的!

然后,又对新宇和津津说:新宇、津津,到了天津要听姥爷的话。

新宇和津津回复:嗯!

老船长交代好了,阿晨和大嫂带家燕、新宇和津津一起来到了晓潮的墓前。

在晓潮的墓前

家燕:晓潮放心吧,我会把两个孩子带好、教好,你会为他们感到骄傲的。我会带孩子回来看你,看爸爸妈妈和陵水所有的家人。今天只是短暂的别离,我们会再见的,我的爱人!

说完,家燕点了一支香鞠躬献香。然后,为两个孩子各点了一支香。

　　家燕:新宇、津津来给爸爸上香。

　　新宇、津津一起给爸爸鞠躬献香。

　　阿晨和太太也各为晓潮点了一支香献上。

　　见家燕虽很克制,还是用纸巾捂着眼睛,有些泣不成声。

　　嫂嫂阿花轻轻拍了拍家燕,说:家燕,别难过了!我们走吧。祝你和孩子一路平安!

　　阿晨:家燕,听嫂嫂的话,别难过了。你让村里所有的男人都羡慕晓潮,晓潮无论是在地球上还是在天堂里,都是最幸福的那一位。好了,时间不早了,再不走,你们就要错过这班飞机了。

　　他们的车驶向三亚机场。

飞机上

　　飞机上,孩子们在玩闹。家燕有些累了,她在闭目休息,脑中回忆:

　　大年初三的上午,妈妈介绍她时,晓潮酷酷的模样;在车上,她靠在晓潮的身上;晓潮抱她进医院的急诊室,晓潮在医院关心地,看着她吃午餐;他和晓潮第一次接吻;在陵水,他们第一次一起出海,在海上晓潮跳下海为她抓鱼;她在医院生孩子,晓潮激动,晓潮亲吻她和孩子;他们带孩子们去公园玩闹。

　　一路上家燕想着和晓潮在一起的每一幕,累了就睡一会;醒了又开始想,想着想着又睡着了。晓潮去世后,家燕里里外外照顾孩子照顾笼口,这半年真的有些疲惫不堪。

3个多小时后,机长开始报告:飞机就要降落在天津张贵庄机场了,请大家系好安全带……

听到播报,家燕有些百感交集,觉得自己好像在做梦,有些激动但也有些莫名的紧张。家燕坐直了身体,先为孩子们系好了安全带,然后系好了自己的安全带。

飞机降落了,家燕和孩子们随着下机的乘客们一起有序地下了飞机。

家燕和孩子们拿到了行李。

家燕推着行李车,孩子们自己拉着自己的小行李箱,走出了出口。

在张贵庄机场的出口

家卉:家燕!

哥哥、嫂嫂、姐姐、姐夫都来接机了。

出来后,听到家卉的喊声,家燕丢下行李车,跑了两步飞扑在姐姐的怀里。她哭了。

家卉:好了,别哭了。逝者安息,生者前行,这就是生活。我们的楚家燕是一只坚强的海燕,不是吗?

家卉递给家燕一张纸巾,说:来,擦擦眼泪。

家燕擦了擦眼泪,说:噢,让我来介绍一下:这是查新宇,这是查津津。新宇,津津,这是姨妈。

新宇、津津:姨妈好!

家卉:你们好!

家燕:来,孩子们,这是舅舅。

新宇、津津:舅舅好!

家豪:你们好!

家燕:这位一定是我的嫂嫂红雅吧。

家豪:是的。

家燕:新宇、津津,这是你们的舅妈。

新宇、津津:舅妈好!

红雅:你们好!

家燕:这是你们的姨夫。

新宇、津津:姨夫好!

学识:你们好!

家燕:大家等了很久了吧?

家豪:今天飞机还挺准点的,我们刚进来不久,你们就到了。很好,我们走吧!

家卉:对了,外面很冷,我和红雅给你们每人带了件棉袄,先穿上吧。

这时,家燕才注意到家卉和红雅怀中都还抱着棉袄,这些棉袄是为她和孩子们准备的,她这才真正意识到自己已经回到了久违的北方。家燕和孩子们都接过棉袄,各自将棉袄套在了身上单薄的衣服的外面。

在天津市的大街上

在天津市的大街上有两辆车,一前一后紧随着。天津对家燕来说已经不是从前的那个模样了,在老式的建筑群中添加了许多新建的楼房。家燕默默地看着窗外边的一切,熟悉感和陌生感交替着。

家卉对家燕说:现在我们先去看妈妈。

在墓地

家燕在妈妈的墓前跪下了,给妈妈磕头,当头着地时,家燕突然泣不成声。

家卉为家燕点燃了一支敬香,然后弯下腰,用手轻轻地拍了拍家燕的背部。家燕直立起上身,满脸泪痕,接过家卉为她点好的敬香。

家燕双手将敬香捧在手中,向妈妈诉说:妈妈,对不起,我当时还年轻,不知道如何去说服你们,让你们也能分享我对晓潮的爱慕。是您的女儿家燕情不自禁地追求晓潮,晓潮无数次地拒绝了我的追求,但我认定他就是我的白马王子,他就是我一生想与之携手的那个人。他越是拒绝,我越是坚定。最后我说服了晓潮接受了我的爱。我本应该能用自己对晓潮的深情和爱慕来打动您和爸爸,说服你们同意我们的婚姻,给我机会,让我证明自己的选择是对的。我能说服晓潮,让他接受我,但我不知道怎样来说服您和爸爸接受晓潮。你们让我同晓潮离开的那个时刻,其实,我是开心的。所以,妈妈您可能因为觉得"逼迫"我们离开天津,难过自责,又心疼,心疼变心痛,您就这样在心痛中离开了我们。妈妈,人们常说忠孝不能两全,其实,有一种自认为为爱情而生的情怀,会让自己对父母的"孝敬"也变得苍白。妈妈,对不起,请原谅我吧!今天,我已经应您生前的愿望回到了天津,可却只能在这里见到您。请原谅不孝的家燕,家燕来世还愿做您的女儿。另外,想告诉妈妈的是,晓潮在一次事故中走了,所以他没能和我一起来看您。请原谅晓潮没有来!晓潮走之前,姐姐也向晓潮转达了您生前给我们的祝福,也转达了爸爸的歉意。家卉曾经问过我嫁给晓潮后悔吗,我说我嫁给晓潮从来没有后悔过。我非常的幸福!晓潮非常优秀,无论在哪里,他都是那颗闪亮的星。谢谢妈妈不再怪罪,谢谢妈妈给我生命!谢谢妈妈的养育之恩!妈妈,我们会在天堂见到的,请妈妈安息!

说完,家燕起身站立起来,向妈妈鞠了一躬,将敬香插在了香台上。依次,家豪和红雅、家卉和学识分别上了香。

家燕说:新宇、津津,来给姥姥磕头。

两个孩子一起跪在了姥姥的墓前,说:姥姥好!

然后一起磕头。家燕又跪下了,跪在了两个孩子的身后,搂住了两个孩子,终于忍不住大声哭了出来。

家卉:家燕,别哭了!我们回家吧,老爸在家等你呢。

家燕起身,孩子起身。两辆车前后紧随着一起向干休一所驶去。

车 上

家卉对家燕说:爸爸也想来接你,可飞机有时并不准点。爸爸血糖偏低,心脏也有点问题,我怕他等久了,不舒服。去看妈妈,怕他太激动。所以我让爸爸在家等你们。

家燕:知道了。好久没见爸爸,有点紧张。

家卉:不要紧张! 爸爸改变了许多。年纪大了,变得温和了许多。不过见到爸爸,不要哭哭啼啼的引老爸伤心,克制点哦。

家燕:知道了。

家燕回到老家

等候家燕回来的楚军长早已退休在家。

客厅里同楚军长在一起等候的还有两个男孩。一个是孙子楚国栋,6岁,上幼儿园大班;一个是外孙律津昭,8岁,小学二年级。他们在看动画片。由于楚军长要求他们消音,两个孩子就只能在那里看消音的动画。

而楚军长在客厅里来回踱步,在等待家燕他们的到来。

津昭:姥爷,妈妈说您好想见到小姨。

楚军长:你妈说得对。

外面

两辆车前后停在了楚家的小楼前。大家下车,拿行李。

家豪、学识各拎着一个大行李箱进了家。

津昭听到客厅外有声音,说:姥爷,我妈他们回来了。

楚军长:来,都过来,立正站好。

家卉替家燕拎着一个大包走在前面,家燕跟在后面,两个孩子拖着自己的小行李箱跟着家燕,走在最后面的是红雅。

进到主门内的过道,家卉指了指右边的一个门说:爸爸在客厅。你自己进去吧。

家燕敲门。

楚军长:进来。

家燕推门,带着两个孩子进入客厅。家燕又紧张又激动,但极力克制着自己。

家燕:爸爸!

爸爸:家燕,好久不见了!我们的家燕还是很漂亮。

家燕：爸爸，我都老了。

爸爸：在爸爸面前能说老吗？

家燕：对不起，爸爸！

爸爸：不要说对不起！来介绍一下你身后的两位。

家燕：我把他们俩都忘了。这是查新宇，这是查津津。快叫姥爷。

新宇、津津：姥爷好！

楚军长：好，好，姥爷为你们介绍一下这两位。这是楚国栋，上幼儿园大班。快喊小姑好。

国栋：小姑好。

楚军长：这是律津昭，上小学二年级。快喊小姨好！

津昭：小姨好。

楚军长：好了，介绍完了。你们的房间给你们准备好了，先把行李放好，我们在餐厅等你们。

家燕：好的，爸爸，一会儿见！

爸爸：一会儿见！

楚家餐厅内

餐桌上已经摆满了饭菜。

楚军长和国栋、津昭已经就坐。

一大家人陆续就坐。

家卉：爸，单阿姨呢？

楚军长：单阿姨做好饭，说家里有点事情就先回去了，下午回来。来，家燕坐爸爸身边。今天是星期六，全家都到了。喝酒，喝酒。

家卉：爸，您血糖低，不能喝酒的。

楚军长：没关系！家燕回来了，爸爸要喝几杯。爸爸今天特别高兴，还是爸爸先喝，你们随便。

家燕：爸，我陪您喝，也是我敬爸爸。我干了。

楚军长：家燕现在能喝酒了，像爸爸。嗯，这点像爸爸，很好！

家燕：爸，您好吗？

楚军长：我很好！好，也是好；不好，也是好。今天只说快乐的事情。嗯，查新宇、查津津，嗯，好，好。都长这么大了，几岁了？

新宇：9岁。

楚军长：几年级了？

新宇：三年级。

楚军长：嗯，好。津津呢？

津津：我也是9岁，我也上三年级。

楚军长：瞧，姥爷真的老了，都忘记你们是龙凤胎，同岁同年级。同班吗？

新宇、津津：同班。

楚军长：好，很好！喜欢天津吗？

新宇、津津：喜欢。

楚军长：好。要好好学习，天天向上。

新宇、津津：会的，姥爷。

楚军长：国栋、津昭，你们现在有哥哥姐姐了，要向哥哥姐姐学习，共同向上。

国栋、津昭：Yes, Sir！

楚军长：这两个孩子越来越调皮了，都跟他们的爸爸学的。

家豪：爸，都是您把他们宠坏了。

楚军长：新宇、津津多吃点菜。这是姥爷为你们点的菜，单阿姨为你们做的。好吃吗？

新宇、津津：好吃。

楚军长：同海南的饭一样吗？

新宇：差不多吧。

楚军长：差不多？也是。估计你妈给你们做的也都是天津饭。来尝尝天津的大虾。

家燕：爸，这两个孩子不想吃海鲜。

楚军长：为什么？海南岛来的孩子不吃海鲜？

家燕：爸，说来话长。

新宇：姥爷，我要说的不长，我们家渔排上的笼口就像是水族馆——

楚军长："龙"口是什么？"龙"的嘴巴？

新宇：笼口就是，笼口就是，就是我们渔排上——

家燕：爸爸，笼口的笼是龙上面有一个竹字头，笼子的笼。笼口就是我们渔排上固定在木框框上的渔网，渔网里面养鱼。人们把这种木框框和固定在木框框上的渔网的组合叫作笼口。

楚军长：噢，笼口是这样的。好，新宇接着讲。

新宇：我们家渔排上的笼口就像是水族馆，有很多种鱼，还有好多虾。有一次，笼口里的那只大龙虾看着我，看得我怪不好意思的，我就决定不吃他了。

楚军长：不吃他，可以吃别的虾和鱼呀。

新宇：别的鱼和虾都是他的小伙伴，我都不想吃。

津津：我也不想吃。

国栋：我也不想吃。

津昭：我也不想吃。

楚军长：嗯，好，都挺有想法的。

家燕：爸爸，新宇和津津这两个孩子古怪精灵，您要是听他们的想法，我们都只能吃素了。

楚军长：有想法好。不喜欢的，就不吃。喜欢什么就多吃点。

新宇、津津：Yes, Sir！

家燕：新宇、津津！

新宇、津津：Yes，姥爷！

楚军长：瞧，我的孙儿们相互学习的能力很强。原来我们家只有两个小士兵，现在我们家有四个小士兵了。很好！都多吃点。有强壮的身体，才可以长大后参军、保家、卫国。好，现在，聊聊我们家的家燕吧。还拉琴吗？

家燕：不拉琴了。

楚军长：为什么？

家燕沉默了。

家豪：爸爸您只顾着同家燕说话，我们是不是透明人呀？爸爸您既然今天喝酒，我也陪您喝一杯。敬爸爸！

楚军长：好，咱俩喝一杯。干杯！

家豪：干杯！

楚军长：家燕，你知道吗？家豪在单位里有很大的成就，有新的发明。你敬哥哥一杯吧。

家燕：敬哥哥嫂嫂！恭喜哥哥的成就！谢谢哥哥嫂嫂今天也来接我们。我先干了。

家豪：爸爸说了，回来就好。我也干了。

红雅：第一次见到家燕，很高兴。我也干。

家燕：谢谢嫂嫂！我也敬姐姐姐夫一杯，谢谢你们来接我们。

家卉：好了，一家人不言谢。我知道你是不能喝酒的，不能喝就别喝了。来，我和家燕以茶代酒，学识你喝酒。来，干杯！

家燕、学识：干杯。

楚军长：来，全体军民起立，有酒的喝酒，不能喝酒的喝茶，小朋友喝饮料，来，一起举杯，欢迎家燕！欢迎查新宇、查津津！海南是家，天津也是家。祝你们在天津生活愉快！来，干杯！

大家：干杯！

同姐姐聊天

家卉：在天津想做点什么呢？

家燕：我也不确定。

家卉：我有个同学开海产公司，你要不去他的公司帮他做海产，或入股他的公司。海南的文昌鱼这边的人也都很喜欢。

家燕：姐姐，我不想做海产。一是，天津就是出海产的城市；二是我不想做与大海有关的任何事情。

家卉：理解！

家燕：回来之前，我想过做服装。我挺喜欢时装的，我想自己做时装生意。

家卉：我也喜欢时装。我喜欢你做时装生意，先注册一个公司。我叫上老同学来为你庆贺。

家燕：我想去制衣厂工作。

家卉：制衣厂？在制衣厂能做什么？

家燕：缝纫工。

家卉：缝纫工？你疯了吗？我的妹妹怎么能做缝纫工？

家燕：为什么不能做缝纫工？不光荣吗？

家卉：好了，与光不光荣没有关系。一、缝纫也是技术，你不会，怎么可以做呢？二、整天坐在那里，不能动，会很累的。姐姐会心疼你。

家燕：你不是建议我开服装公司吗？我要从头学起，从一针一线开始。

家燕的一个老同学请她去喝茶

丽芬：我常来这家喝茶，所以今天约你一起过来享用他们的茶点。

家燕：看起来是挺好的。

丽芬：我最喜欢他们这里的牛百叶，还有他们的皮蛋粥。各家茶点种类都差不多，但味道还是有区别的。尝尝他们的粉肠。

家燕：嗯，味道挺好的，挺南方的。

丽芬：是不是海南的早茶更好吃？

家燕：是的。

丽芬：你还记得我们班上有一位男生叫戚明浩吗？

家燕：知道。怎么了？

丽芬：他现在商业部工作，还没有结婚。他也听说你回来了，所以他打电话给我问起你，问你的情况。

家燕：他怎么知道你会知道我的情况？

丽芬：他当然知道。虽然我们高中不在一个学校，但在小学和初中时，在学校有你的地方就有我，有我的地方就有你。

家燕：我没有兴趣耶。不是对他没有兴趣，是没有兴趣再重新安排什么。谈谈你吧。

丽芬：我在做直销。

家燕：什么是直销？

丽芬：就是一个公司有好的产品，需要自由职业的销售人员，你去该公司注册,付一定的费用,公司给你销售指导手册和产品说明书,你看看你喜欢销售哪些品种,可以先用较便宜的价格购买一定数量放在家里,再卖给其他人,如亲朋好友及你能遇到或碰到的人。挺赚钱的。

家燕:这样的钱还是留给别人去赚吧。赚亲朋好友的钱,这不是给自己和亲朋好友间制造矛盾吗?本来是纯粹的友谊和亲情,亲朋好友碍于情面照顾你一次,你被这种照顾也不舒服的。下回不照顾,你的感受也会不好吧?不断地给亲朋好友打电话推销产品与骚扰别人的生活有什么不同?我不会喜欢亲朋好友向我推销什么产品。所以本人是己所不欲,不会施于他人。

丽芬:没那么严重吧。可以试试嘛!不过谁介绍你去这家公司,你就要成为介绍人的下线。

家燕:下线?

丽芬:对,比如我介绍你,你就是我的下线,从我这里购买再卖给其他人。

家燕:你销售什么?

丽芬:化妆品。

家燕:我对化妆品没兴趣,确切地说是对销售我不了解的产品没有兴趣。不是没有兴趣做你的下线哦,重要的是没有兴趣做这样的生意。

丽芬:你变了,家燕。

家燕:我没有变。只是现在更知道自己想要什么想做什么,不想要什么不想做什么。可以说是长大了,更成熟了,更有自己的思想了。你不也是吗?不过还是要谢谢你约我喝茶,介绍男朋友,介绍生意。你只谈别人,只谈生意,谈谈你吧,你生活得好吗?

丽芬:我?挺好的。原来我和老公都在机关工作,暂时还没有考虑要孩子。去年,我辞职了,想做点其他的什么,这就叫下海。这不有朋友介绍销售化妆品,我就也开始试试,反正比待在办公室喝茶看报纸好。对了,你刚才说,你知道自己想要什么,想做什么,可以谈谈你的计划吗?

家燕:我想去制衣厂。

丽芬:在那里能做什么?你不会告诉我做制衣厂的厂长吧?

家燕:车衣工。

丽芬:什么?车衣工?缝纫工?

家燕:是的。

丽芬:楚军长的女儿做车衣工?你疯了吗?

家燕:我没有疯。第一,缝纫工是一个工种,一份工作。什么人都可以当缝纫工,只要自己愿意。第二,什么人的女儿都可以当缝纫工,只要自己愿意。确切地说是我喜欢缝纫,喜欢当缝纫工。

丽芬:家燕,我可没有说缝纫工不好,我只是希望——

家燕:希望什么?

丽芬:希望你能再嫁人,过富足和安逸的生活。

家燕:谢谢!其实,我一切都好,不要为我担心。

丽芬:好吧,你好就好。来,以茶代酒,欢迎我们的家燕回到天津!看样子你还是属于我们天津的。

家燕:好了,为你这位天津钉子户干杯!

在干休一所的大院内

一天,家燕去干休所的服务区买东西。一个妇人走过来,说:家燕,你不认识我了吗?我是江阿姨。

家燕：江阿姨好！

江阿姨：我们都知道楚家燕回来了，找到工作了吗？

家燕：还没有。

江阿姨：你爸爸身体好吗？

家燕：挺好的！怎么啦？

江阿姨：你江阿姨在做生意呢。我们有一些保健品，你可以买一些给你爸爸，孝敬你爸爸。

家燕：你为什么不去我们家同我爸爸说？

江阿姨：同你爸爸说？还是别介了。你爸爸是老革命，谁敢同他去谈生意呀？

家燕：你不是卖保健品给他吗？这跟老革命有什么关系？

江阿姨：还是你买点给你爸爸吧。

家燕：到哪儿去买？

江阿姨：到我们家。

家燕：你们家？

江阿姨：其实，是这样的，你可以买。但你要是先加入销售的队伍，能得到好价格。

家燕：队伍？什么队伍？

江阿姨：就是直销的队伍。

家燕：你是说我爸爸得先成为你的下线？

江阿姨：对的，哦——不对。我不敢找你爸做我的下线，我哪里敢成为他的领导呀。

家燕：阿姨，您太幽默了。阿姨，我记得您以前不是在地质局工作吗？

江阿姨：我现在退休了，在家没事，一个朋友发展我成为了她的下线。所以，你江阿姨现在很忙。你爸是不会参加的，你参加吧，同时卖给你爸爸。

家燕：我卖营养品给我爸爸？

江阿姨：是。噢，不是不是，是孝敬你爸爸。

家燕：江阿姨，退休了您还这样忙碌，还要找下线，为什么呀？

江阿姨：朋友说，能赚到钱。

家燕：问题是赚到了吗？

江阿姨：我还没有赚到钱，已经花了很多钱买了一堆保健品放在家里，家里快成仓库了，我这不是在大院里找合适的人吗？

家燕：江阿姨，我爸爸不是合适的人，我也不是合适的人，我要先回家了。

江阿姨：好吧，我们下次再聊。

家燕：再见江阿姨！

江阿姨：再见家燕！

家燕在客厅同爸爸聊江阿姨

爸爸坐在大沙发上，家燕坐在大沙发旁边的一个小沙发上。

家燕：爸爸，您认识江阿姨吗？

爸爸：认识呀，江副政委的家属。怎么了？

家燕：她说想让我买些保健品给您，这样就可以参加他们的直销公司了。我不是很懂直销，我对销售别人的产品，确切地说不了解的产品没有兴趣，所以我说我没有兴趣，我也没有给您买她卖的保健品。今后，我会到商场看看有没有适合爸爸吃的保健品。

爸爸：家燕，你刚回来，不了解这边的情况。爸爸先说你拒绝是对的。你们在那边打鱼卖鱼，是自己家的生意，在爸爸的眼里也算是实体。听家卉说,在你们那边,都是有人来收购,很好!爸爸最不喜欢别人到我家来向我推销产品,说得天花乱坠的,很多东西都是我不需要的。有一次一家很知名的保健品公司的老总亲自来找我和院子里的一些老干部给他们公司的保健产品当广告模特,爸爸拒绝了。一是爸爸的身份不适合当模特;二是人要有良知。我不了解那些产品,怎么可以去为其背书呢?人就100年,吃保健产品也就100年,不吃保健产品,我看也有人活到100岁。其实保健品的最好的广告模特是那些生产厂家厂主的爸爸妈妈。如果他们吃了那些保健品因此而寿比南山,应该分享他们吃后的感觉和效果。

家燕:爸爸,我同意您说的。最近我在想我能做点什么呢?我打算——

爸爸:爸爸在你身边,不要着急去做什么,需要钱同爸爸讲。

家燕:爸爸,我自己有钱。

爸爸:你的钱是你的钱。爸爸的钱是爸爸的心意。

家燕:知道了,谢谢爸爸!

爸爸:欸,爸爸不是说过了吗?不要客气。唉,你妈妈要是还在,该有多好啊。

家燕:爸爸,我对不起妈妈,也对不起爸爸。

爸爸:欸,不是说过,不许说对不起吗?你妈妈后悔把你的户口迁走,她自责,她心痛,她想你。我那时工作忙,没有照顾好她。她自从有了心绞痛的毛病后,我也没有太重视,反正医生怎么说,我们就怎么做。其实,医生不知道你妈妈心绞痛真正的原因。你妈妈太宠爱你了,你那时的确太任性了。

家燕:我知道。我对不起妈妈!

爸爸:好了,其实你妈妈已经原谅了你们。如果查晓潮今天能站在这里,我会对他说:查晓潮,你很了不起,因为你赢得了我们家燕的爱。晓潮,你是我的女婿了,赢了就好好的,为什么这么早就离开了家燕,离开了我们!

说到这,楚军长突然用手捂住了脸,禁不住哭了起来。

家燕吓坏了,家燕从来没有看过爸爸哭。家燕赶紧俯身向前,从茶几上的纸巾盒里抽了一张纸巾,递给了爸爸。

家燕:爸爸!不要哭!家燕很坚强,希望爸爸也坚强!

家燕虽然说自己坚强,但也已经满脸泪水。家燕又俯身向前,从茶几上的纸巾盒里抽了一张纸巾,抹去自己脸上的泪水。

爸爸:好了,你爸爸今天怎么了?我一直告诉自己要坚强,我是军人,不可以掉眼泪。可一讲到你妈妈,爸爸就有点激动。再讲到查晓潮,就 —— 好了,好了,让我们谈点别的吧。孩子们习惯这里学校的生活吗?

家燕:习惯了,适应性还挺强的。

爸爸:那就好!

家燕:爸,我去接孩子回来。回来见!

爸爸:好,快去吧。路上注意安全。

家燕:知道了。

家燕走后,楚军长回到卧室拿起床头柜上太太的照片,看了一会,对着太太的照片说:淑娟,家燕和孩子们回来了。你放心吧,她和孩子们都很好。晓潮没能回来,我也为家燕难过。家燕很坚强,比我还坚强。安息吧,淑娟!我们天堂见。我现在想睡一会儿,希望能梦见你。

在制衣厂的第一天

秀玲：这是线架，这个线架上有两个插线杆，通常都会放两卷线在这里。一卷当然是面线，一卷是当底线用完了，可以用它来绕底线。我们从绕底线开始，我示范一下整个程序。

秀玲边说边坐在了这台缝纫机前的椅子上，家燕站在秀玲的身后观看。

秀玲：把线拽下来，穿过这个小孔，然后再从底下绕过张力盘，让线从张力盘的底下过来，然后用手把线绕到梭心轴上，绕个5—6圈，然后像这样把它放到卷线轴上，往里推，推到卷线轴的最里面，要确保机器绕线的方向是往你目视的前方绕，然后将这个固定设置向前推，这个固定装置正好压在绕线的梭心轴上，起固定作用。没有固定，当机器运作起来，梭心会跑下来。

楚家燕：这种固定不是很影响绕线吗？

秀玲：不会影响绕线，因为它自己可以随着梭心轴上绕的线量的增加自己做调整，不要担心。现在可以踩压踏板运作缝纫机了，绕线就自动进行了，如果你只是需要少量的新底线或只是练习绕底线，你脚一离开踏板机器就停止运作，绕的底线的量就是你想要的量。绕好线，在靠近卷线轴的附近将线剪断，然后将卷好线的梭心从卷线轴上取下，把它放进梭壳里。这是梭壳，梭壳这里有一个穿线口，像这样把线从底下经过这个穿线口拉上来就好了，这样底线就准备好了。下面，我们安装底线。面板上有一个小铁板，我们叫它底座板，先把底座板打开，这样在底下装底线的时候，你可以从这里看安装的情况。现在把这个准备好的底线从面板低下，对准针的下方的旋梭轮，把它放进去。这样放，这个梭壳上有一个可以板起来的小把手，你要确保小把手它的方向指向你的身体，像这样推到底，你会听到"咔哒"一声扣上，底线就装好了，合上面板上的底座板，这时就可以给针眼穿线了。噢，对了，为什么是这个时候才给针眼穿线呢？是因为当你绕线的时候，机器要运作，这里的针也会上下做缝纫的动作，如果针眼上带着线，那这里会是一团糟，绕底线的时候，必须在这里把线从针眼上撤下来，还要把线从针上方的挑线杆上卸下来。不过我懒起来，我只把线从针眼上撤下来，挑线杆的地方就不管了。

好，针眼上的线穿好后，现在可以用手转动这个手动轮。

家燕：哪个手动轮？

秀玲：右边这里，这是个手动轮。用手把这个手动轮由外向里转，从外向里是指往你的身体这边转，看着针落下去的时候，左手要拉住面线，等针再上来的时候，你拉一下面线就可以将底线带上来了，这叫找底线。底线的线头和面线的线头一起这样向前摆放，现在就可以缝纫了。来，你来试试，用这个废布块试一试。

秀玲从做示范的椅子上起身，让家燕坐下试试。家燕坐下后，有些不知所措。

秀玲看家燕不知怎样开始，说，那还是让我来做给你看一下吧。

家燕起身，又换秀玲坐下。

秀玲边说边做：轻轻向后踩踏板，这样先抬起压脚，将布料放在针和压脚的下面，然后向前轻踩踏板，放下压脚，缝纫时，向前踩踏板就行了。当调整或转动布料的方向时，需要再抬起压脚；结束的时候，用力往后踩踏板，就可以自动断线。好了，现在就可以练习了。面线的穿线路径，你自己研究一下，能记住最好，记不住也没有关系，每次我们需要换线的时候，我们都会从上端，即靠近插线架这个部分剪断被换去的卷线，拿下来，把新线放上去，然后，把新线线头和在这里剪断的剩下的被换线的线头在这里打个结接好，然后把针眼上的线撤下来，用力拽线，新换的线就顺着穿线的每一点被拽下来，当你看到线的接头，就停下来，剪掉接头，剪下来的那段线就是被换掉的余线，当然是扔掉它，把新线穿进针眼，然后拖出来2—3寸待用。这样换线比较方便，这样可以避免重新再在穿线路径的每个点都再一一引一次线，费时费力。好了，我不多说了，你自己在这里琢磨一下，研究一下，把刚才讲的绕底线，装底线，穿引面线，面线找底线及换新面线都多练习几遍。然后用这些废布块来来回回多走几道，很快可以熟悉的。不要太快赶上我们哦。

噢，有一点需要补充一下，你刚才把底线装好了，并用面线把底线找上来了，但在今后，你如果使用另外一个梭心绕线，除了你要撤掉针眼上的线，另外还要撤掉底线，即把梭芯从旋梭轮里拿出来。我现在把底线拿出来，你看一下，就这样。好吧，再强调一下，绕底线的时候，针眼上的线要撤下来，底线要去掉，确保缝纫的部分无面线无底线，是空运作，那边方可以进行绕线。否则这边会一团乱。

这里有一个电脑设置，像这样上下可以选择一个数字，通常我们会选3，即起针自动回3针，缝线结束的时候自动断线，断线的时候自动回3针。缝线结束断线的时候，像我刚才说的那样，用力往后踩踏板，就是切线，即自动剪断线。

楚家燕：知道了。这个小轮盘是管什么的？

秀玲：这个圆轮一般我们都设在2.5，这是针眼的间距。逢厚衣服可以加大到2.6什么的，根据需要做调整。通常我们都用2.5。

楚家燕：知道了。

秀玲：对了，练习好了，不用机器了，在确保针已经抬起来的情况下，从旋梭轮里把梭芯即底线卸下来，然后把机器电源关掉。这里，在你的右手边这里是开关，红按钮是开电源，黑色按钮是关电源。按钮上都有字，off 是关机，on 是开机。好了，自己看吧，有问题问我，不要不好意思。我刚来的时候，师傅们也是这样教我的。

楚家燕：好的，谢谢！

楚家燕坐在那台缝纫机前练习了一会儿。

楚家燕：秀玲，对不起，打扰一下。

秀玲：不要客气。怎么了，有问题吗？

楚家燕：我这个底线怎么起泡泡了？

秀玲：我来看看，应该是线没有穿好。看，这里，你大概在练习绕底线的时候，你这边不仅是撤掉了针眼上的线，你还把线从挑线杆上撤下来了。等你绕好底线，需要再把线穿回去的时候，线没有穿过挑线杆，也就是说没有将线重新穿过挑线杆，直接将线穿进针眼里，缝纫的结果，就是底线起泡泡。

楚家燕：知道了。哇，挺复杂的耶。

秀玲：熟悉了就不觉得复杂了，我们刚开始都是这样过来的。

楚家燕：好吧！我再多练练。

楚家燕坐在那台缝纫机前反复练习。

秀玲看时间差不多了，问家燕：还好吗？有问题吗？

楚家燕：暂时没有问题，现在熟悉一些了，我很开心。

秀玲：另外，起针时压脚是落下来。同时像这样先用手转右边这个轮子，让针也先下来，针进入面料后，再踩踏板运作机器。

楚家燕：为什么呀？

秀玲：这样不容易断线。另外，一般新来的人员，会被安排先上衣服的标签，在领子这里的标签，有时底线要同衣服的颜色，面线要同标签的颜色。在这种情况下，底线和面线不同颜色时，你起针前，一是针要先下来，在针进入面料之前，把面线留出来的线头同底线一起首先放在压脚底下，这样起针处底线就不会掺合到面线里。比如，如果衣服是黑色的，标签是白色的，那么底线要用黑色的线，面线要用白色的线。如果你起针前不把面线线头放在压脚底下，在起始针处黑色的底线会掺合到面线里，即在白色的标签的表面可以看到从底下带上来的黑线，这样缝的标签是不合格的。所以当底线和面线不同颜色时，起针前必须先将面线的线头放到压脚的底下。再有，上标签时，因为标签很小，一道线几针就结束了，速度太快的话会一下就踩过了。看，这里可以调节速度，往左边调节是慢，往右边调节是快。你在练习的时候，自己多试试，找到最适合自己的速度。还有，你在上标签时，标签是一个长方形或是一个正方形，一道线到底后，你转动衣服和标签做90度拐弯的时候，要确保在转动之前针是落下的，针是扎在面料里的，而不是悬在空中的。好了我不多说了，缝纫需要的是练习、是经验，而不是理论。你先练习吧，有问题，尽管问我。

楚家燕：好的，谢谢你告诉我这么多。我现在要边练习边做个笔记。

秀玲：好吧，写下来也好。慢慢来吧，不要着急。

楚家燕：好的！

楚家燕坐在那台缝纫机前反复练习秀玲跟她说的每一点，边练习边做笔记。

家燕回家同爸爸聊第一天上班的情况

刚吃完晚饭 楚家的客厅内。

家燕：可能在这个世界上，人们都会认为缝纫工是简单的体力劳动。今天过后，我对缝纫工的看法与以往完全不同了。缝纫是技术，缝纫工很伟大。他们对他们使用的缝纫机的每一个部分都很了解，运用自如，缝制速度飞快，缝制出的线条都很准确到位，精致美丽。我突然发现自己在他们面前很渺小。

爸爸：你这样一说，也让爸爸有同感了。爸爸还不会使用缝纫机呢。

家燕：爸爸，我是认真的。

爸爸：我也是认真的。以前，我希望我们家的孩子都要——好，不多说了。爸爸现在只想说，无论做什么，只要我的孩子喜欢和开心，我也就喜欢和开心。

家燕：爸爸，谢谢！我一定会成为一个伟大的缝纫工。

爸爸：不错，是楚军长的女儿。

家燕：爸爸，我想先买一台缝纫机在家里练习，可以吗？

爸爸：爸爸支持你！去买吧。需要钱吗？

家燕：谢谢爸爸！我有钱！也许这台缝纫机可以为我赚回更多的钱。

爸爸：好，好，有梦最美！

家燕：爸爸，美梦会成真的，对您的女儿要有信心。

爸爸：爸爸对楚家燕当然有信心。按照自己的想法去做吧，这个世界是年轻人的。

家燕：爸爸，您这次没有说对。这个世界属于每一个人。

爸爸：爸爸同意。

家燕：谢谢爸爸！

爸爸：不要同爸爸客气，爸爸对不起你和晓潮。

家燕：爸爸，姐姐说了，逝者安息，生者前行。为了新宇和津津，我会努力向前的。

爸爸：你姐姐说的对，这句话对我对你都是一种安慰，我们一起向前!

家燕:谢谢爸爸。

爸爸:刚说不要客气,怎么又客气了?好了,有进步了有好消息了,别忘了告诉爸爸。

家燕:会的,爸爸。我现在去看看孩子们在做什么。

爸爸:去吧。

2个月后 家燕辞去了衣厂的工作
报名了一个服装制版培训班

制版课,讨论衣模模型上的尺寸。

蒲老师:有些老师在制版课上,喜欢先讲平面制版,而我上课喜欢先讲立体制版。立体制版实际上是来源于裁缝的量体制衣。这里有多少同学去过裁缝店,请裁缝为你做过衣服?有过这种经历的请举手。哦,有一半同学有过去裁缝店的经历。

一同学:是小时候去过。

家燕:我也是小时候妈妈带我去过裁缝店。

蒲老师:好,很好!去过的同学,如果你是请裁缝师傅做上衣,顺便说一下,我们今天只谈上衣的尺寸,知道裁缝店的师傅会测量你身体的哪一部位的尺寸吗?

一同学:肩宽。

蒲老师:还有呢?

该同学:胸围、腰围和臀围。

蒲老师:还有呢?

一同学：身长。

蒲老师：还有呢？

该同学：袖长。

蒲老师：还有呢？

该同学：领口。

蒲老师：还有呢？

没有人回答。

蒲老师：还有袖笼。

提到袖笼，这里谈点个人的观察。因为本人研究服装和服装尺寸多年，发现人体外形也有版本，不知道为什么觉得人体的外形的版本也在被悄悄地修正。我们那个年代的人体外形，有相当数量的人的胳臂是上端比较粗大，末端比较细窄。现在的人的胳臂上端和末端，粗细都比较接近、比较均匀，没有明显的上端粗大和末端细窄的情况。换句话说，现在的人尤其是大多数女生的胳臂的上端和末端粗细是很匀称的，不常见到较粗的上端和较细的末端了。也就是说胳臂上端和末端的圆周的尺寸变得很接近。所以，现在女生的衬衣和时尚的衣裙的袖子都很细筒，所以现在有老式版本胳臂的人常常很难买到合适的或时尚的衣服，也就是说新式的女装的袖笼的尺寸都比较小。所以一个公司制定的尺寸，也会与时俱进，按照具体情况做出 update。 我认为作为一个服装公司，如果你有系统的成衣尺寸，也请你考虑制作出一套袖笼处比较宽松的尺寸，也就是说在其他部分尺寸不变的情况下制作出袖筒圆周尺寸有别的衬衣和时尚的衣裙，这样让有较粗胳臂的女生在买衣服的时候就不会有挫折感。另外，特殊版本的身型，还是需要找裁缝特别的制作。所以无论时代怎样变迁，人类都需要裁缝。因为服装公司的尺寸是有限的，永远都无法覆盖所有不同的身型。这已经是题外话了，提出来，仅供同学们参考。我们现在进入正题。

同学们先看一下我写在黑板上某家服装公司女装上衣的四个号码的尺寸，这样同学们会对女生身型有些初步的认知。

	6 号	8 号	10 号	12 号
胸围	34.5	35.5	36.5	38
腰围	25.5	26.5	27.5	29
臀围	35.5	36.5	37.5	39
肩上颈底端到肩外端	5	5.13	5.25	5.4

我这里要说明一下，胸围是指胸部最丰满的那一圈的周长的尺寸。

腰围是指腰部最细的那一圈的周长的尺寸。

臀围是指臀部最饱满的那一圈的周长的尺寸。

这里的一圈就是用软尺"围一圈"的意思，所以你的身型有重要的三圈，行业内称之为三围。

服装公司要制定出一套这样的数据，可能会经过测量很多人的身型后才能制定出来。被测量的人的身型是你认为有代表性的。服装公司做这样的工程很费时间，请来的衣模也都是需要付费的。黑板上的这四排简单的数字背后是大量的测量工作，何况这只是一个公司整套尺寸的一部分。好，我又说远了，我们回到要点。

大家看到从 6 号衣到 8 号衣的尺寸，再从 8 号衣到 10 号衣的尺寸，每一围的尺寸都是增加 1 英寸，要注意的是肩部的尺寸并不是这样增长的。也就是说，有些人的三围尺寸比较大，或通俗一点，就是比较胖。但无论三围怎样增长，肩的宽度基本不变，说基本不变，是说有变，但变化很小。这一点请同学们特别注意一下。下面我要问同学们 6 号衣到 8 号衣每一围都要增加一英寸，那么上衣的右前片需要增加多少？

一同学：1/4 英寸。

蒲老师：正确。那么上衣的左前片需要增加多少？

该同学：也是 1/4 英寸。

蒲老师：正确。那么上衣后片如果是一个整片的话，怎样增加尺寸？

另一同学：后片的每一边各增加 1/4 英寸。

蒲老师：增加的 4 个 1/4，共计是增加了一个英寸。是吧？

家燕：是的！ 4×1/4=1。

蒲老师：正确。不过要保持清醒的是，三围的每一围都需要进行这样的增加。只对一围增加是不够的，只对一围增加是不能将衣号完美更新的。

家燕：老师，10 号衣升级到 12 号衣显得比较特别。

蒲老师：家燕注意到了。是的，10 号升到 12 号每一围的增加就不是一英寸，而是 1.5 英寸。那怎么分配？

家燕：可以将 1.5 英寸除以四。

一同学：1.5 除以 4 是有小数点的。

家燕：一英寸有 8 个 1/8 英寸组成。0.5 英寸等于 4 个 1/8。那么 8 加 4 等于 12，12 除以 4 等于 3。也就是说前片的每一个侧边和后片的两个侧边都各增加 3/8 英寸。

蒲老师：正确。家燕的数学一定很好。

家燕：嗯——还行吧。

蒲老师：好，同学们，今天课上老师就讲这么多。教室里有三个衣模模型，请同学们上来自己测量这三个衣模模型的三围尺寸。每一位同学都必须对这三个衣模模型进行测量，记录你们的测量数据，下节课需要用你们今天测量的数据回答我的问题。最后老师要问的一个问题是有多少同学测量过自己的三围？

没有人回答。

蒲老师：今天你们的家庭作业是请同学们回家后，测量一下自己的三围尺寸，然后记录下来，自己做参考。为什么请同学们回家测量自己的三围呢？我想每一个人的三围尺寸可能都属于保密数据，所以，自己知道就好了。另外，这里有三位男同学，男生的服装尺寸不是本老师讨论的，这里特说明一下。如果你们也愿意测量一下自己的三围做一个了解，也没有什么不好。好，同学们现在请上来，开始你们的测量。

同学们走到教室的前面，很有秩序地轮流测量衣模模型的三围尺寸。

楚军长建议家燕给孩子们找辅导老师

楚军长：家燕，给孩子们找辅导老师吧。

家燕：爸爸，我就是他们的辅导老师。我是高中生，辅导小学生没有问题的。

正在这时，新宇问妈妈：象征是什么意思？怎样造句呢？

家燕：我还记得，我的老师说象征是用一个具体的物象，表现一个抽象的概念。在妈妈正式回答你的问题之前，妈妈想举例说明什么是具体的物象：比如鸽子，它是一个具体的有形可见的动物；玫瑰花是一个具体的有形可见的花卉；桂冠，用桂花树枝编织的头冠是一个具体的有形可见的物件。那么什么是抽象的概念呢？抽象正好和前面讲的具体、有形象、可看见的概念相反。宝贝们，"具体"的反义是什么呢？

新宇：不具体。

家燕：嗯，正确。"有形象"的反义是什么呢？

新宇：没有形象。

家燕：对，没有形象，也可以说是无形的。那么"可见的"相反的意思呢？

新宇：看不见的。

家燕：嗯，是这样。人们会用具体的、有形象的、可见的鸽子来代表和平，会把它叫作和平鸽，那么当你听到和平鸽你会联想到和平，你就可以说和平鸽象征着和平。但是象征和平的除了和平鸽以外，还有橄榄枝。每个国家可能会用不同的东西或物象来象征同一个意义，但是无论是什么国家或文化使用什么来象征什么，都是有一定的公认性。

新宇：什么是公认性？

家燕：普遍认可。比如，大多数人都认为和平鸽或橄榄枝象征着和平，你也会用和平鸽或橄榄枝来象征和平。如果世界上只有几个人知道橄榄枝象征和平，当你提到橄榄枝，很多人就不会联想到和平。但很多人都知道橄榄枝象征和平，当你提到橄榄枝，人们就会联想到和平。人们会用具体的、有形象的、可看见的玫瑰花来代表爱情，你可以说玫瑰花象征着爱情；人们会用具体的、有形象的、可见的桂冠代表冠军，你可以说桂冠象征着冠军；冠军是一个头衔，同义词是什么？

新宇：第一名。

家燕：所以当妈妈说，新宇摘得了桂冠，意思是什么？

新宇：我得了冠军，我得了第一名。

家燕：对的。这里的和平、爱情、冠军都没有一个具体的形象，他们就都是抽象的概念或意义。要注意和重视的是具体的或实体的"形象"的"象"。如用具体的、实实在在的"象"之物来表现一种意义，就叫象征。总结一下：象征就是"以物征事"的简称，是借助物象来表现某种概念、思想、精神、品德等。换句话说，就是根据事物之间的某种联系，借助人物或动物或物件的具体形象，以表现某种抽象的概念、思想和情感。再换句话说，象征就是根据事物之间的某种联系，借助人物或动物或物件的具体形象，来寓意一抽象的概念。抽象的概念，如"和平""爱情""冠军"，虽然没有具体的形象，但是是可以通过具体的事和物被感受到的。

新宇：怎样感受到呢？

家燕：比如，人们不需要扛起枪去打仗，都可以安居乐业，孩子们都可以平安上学，然后平安回家，这就是和平呀。你不就感受到它了吗？还有，冠军这个概念也没有具体的形状，但是当你看到一个人被戴上桂冠、手捧鲜花戴着金牌，你就知道他是冠军呀。

新宇：那爱情呢？

家燕：比如，你长大后，如果你收到一个女生送给你的玫瑰花，你就会感受到爱情。反之，你长大后，你送给一个女孩玫瑰花，她就会感受到爱情。不是吗？好了，妈妈就回答到这好吗？现在可以造句了吗？

新宇：保尔·柯察金是书中的人物，是有形象的，勇敢和坚强是无形的。保尔·柯察金象征着勇敢和坚强。

家燕：是的。津津造一个句子吧。

津津：花仙子象征着美丽和善良。

孩子们的造句，这种莫名的巧合给了家燕莫名的感动。她想到她住院的时候。

一同学：家燕，开刀疼不疼啊？

家燕：不疼！我是谁呀？保尔·柯察金。

该同学：你不是保尔·柯察金，你是我们的花仙子。

第二节 制版课

蒲老师：测量三个衣模模型后发现什么了？

家燕：三个衣模都是6—8号。但三个衣模模型的三围尺寸都有细微的差距，我怀疑自己是不是测量上有问题，或我的量尺是不是不太准确。

蒲老师：可以分享你测量的数据吗？

家燕：可以。我的测量数据是这样的。

模型A：6—8。胸围34.5"，腰围25.5"，臀围36"。

模型B：6—8。胸围34.2"，腰围25.2"，臀围34.6"。

模型C：6—8。胸围34"，腰围26"，臀围35"。

蒲老师：非常好！家燕，你没有测量上的问题，你的量尺也没有问题，你测量得非常准确。这三个衣模都是6—8号，但这些衣模模型自带的尺寸都是6号衣的尺寸，8号衣可以使用这个模型，只要在尺寸上做相应的增加和更新。那么为什么同样衣号的模型，你测量后得到了不同的尺寸呢？老师会在这里做一个解释：

这三个衣模是不同厂家制作的。一种可能性是他们认为自己的衣模模型上的尺寸如果同别家制作的衣模模型尺寸完全一样，会被认为是抄袭。所以，他们让自己的衣模模型尺寸同别家发布的衣模模型尺寸保持不同。这可能是第一种考量。第二种情形，那就是他们请来的真人衣模让他们确定下来的尺寸就是他们认定的尺寸，他们认定的尺寸就是他们制作出来的衣模模型的尺寸。

其实，同学们必须知道的是，一个服装公司所使用的尺寸如XS、S、M、L、XL，往往都是根据他们服装的特定消费人群特别制定的，春夏秋冬四季的服装的厚度或是穿在外面还是穿在里面等不同情况，XS、S、M、L、XL这些衣号的尺寸各有不同。

换句话说，同样是 6 号衣、8 号衣、10 号衣等同样的阿拉伯数字，不同的服装公司给出的实际尺寸可能都会略有不同；同样的 XS、S、M、L、XL 这样的字母，但不同的服装公司出品的服装尺寸都有不同。

举一个具体的例子，比如你穿一个品牌的 M 号外套，不代表你穿另一个品牌的 M 号也合身。所以，国外的百货大楼里的服装部都有试衣室。衣服的尺寸是否合适，需要亲自试穿。当然试穿不仅仅是看尺寸是不是合适，还有款式和颜色，试穿后才能决定是不是那件衣服穿在自己身上让自己更自信、更美丽。看我又说远了一些。总结一下，在座的各位同学现在是市场上服装的消费人员，未来可能也是为市场制造服装的专业人员，请你们记住今天这堂课，即这个世界上衣服的尺寸规格不是只有一套标准。你也可以为你的服装的消费人群制定特定的尺寸，即你认为的合适的尺寸。

好，现在，我来用这块本色的平纹细布，英文叫 muslin，为大家做立体裁剪示范。今天下午的整个程序是这样的：我会把这片布料披在衣模模型上，可以使用大头针帮助固定一下，因为是本色的，我会很容易用圆珠笔顺着它的领口、袖笼、前片和后片的尺寸勾画出衣模模型的轮廓，不必每条线都画全，只要有几处重要的点标注出来，然后把这块布放在裁剪台上，用直尺或弧度尺来连接那些点，然后裁剪，之后，再将裁剪的布板的轮廓转移到纸板上剪出衣模纸板，以方便保留和今后再用。做好后片，再用同样的程序完成前片。好，现在我来具体示范，请同学们注意观看。

教室里，老师开始示范立体裁剪及制作衣板的方法，同学们都在认真地学习。

在楚家餐厅内辅导孩子算数

晚饭后。

家燕：宝贝们，爷爷跟我说，你们有一个算数问题。

新宇：是的。

家燕：什么问题？

新宇：$1\frac{1}{2}$，1又1/2，这个"又"是什么意思？还有整数和分数的相加有点糊涂。

家燕：妈妈先回答你的第一个问题。"又"是"和"的意思，也是"加"的意思。1又1/2就是1和1/2，也是$1+\frac{1}{2}$。

津津：$1+\frac{1}{2}$怎么加呀？

家燕：新宇会吗？

新宇：应该是$\frac{2}{2}+\frac{1}{2}$吧？

家燕：为什么是还"吧"？

新宇：不是很清楚。

家燕：也许妈妈回答了你的第二个问题会帮助到你的第一个问题，你把所有的整数都看成分数，可能就觉得容易了。比如，$1=\frac{1}{1}$, $2=\frac{2}{1}$, $3=\frac{3}{1}$, $10=\frac{10}{1}$, $125=\frac{125}{1}$。$1=\frac{1}{1}$，对吗？

新宇：是的，1除以1=1，所以1= 1除以1。

家燕：$\frac{1}{1}$的分数线的上下各乘以2等于几？

新宇：$\frac{1\times 2}{1\times 2}=\frac{2}{2}$

家燕：很好！那么妈妈说2/2 =1，对吗？

新宇：对！

家燕：为什么？

新宇：$1=\dfrac{1}{1}=\dfrac{1\times 2}{1\times 2}=\dfrac{2}{2}=1$。

事实是 2 除以 2 =1，所以，1= 2 除以 2。

家燕：很好！津津举个例子吧。

津津：$1=\dfrac{1}{1}$，分数线的上下各乘以 3，$1=\dfrac{1}{1}=\dfrac{1\times 3}{1\times 3}=\dfrac{3}{3}=1$。

事实是 $\dfrac{3}{3}=1$，所以，$1=\dfrac{3}{3}$。

家燕：很好！ 新宇再举一个例子，请用大一点的数字。

新宇：$1=\dfrac{1}{1}$，分数线的上下各乘以 157，$1=\dfrac{1}{1}=\dfrac{1\times 157}{1\times 157}=\dfrac{157}{157}=1$。

事实是 $\dfrac{157}{157}=1$，所以，$1=\dfrac{157}{157}$。

家燕：现在可以得出一个什么结论？

新宇：1 可以等于 2 除以 2、1 可以等于 3 除以 3、1 可以等于 157 除以 157、1 等于所有的数字自己除以自己。

家燕：很好！ 一种类似的情况，也请你和津津举一反三好吗？妈妈刚才说了，你可以把任何数字都看成分数，比如说 2 可以是 2/1。先回答妈妈为什么 2 会是 2/1？

新宇：2 除以 1 等于 2，所以，2 等于 2 除以 1。

家燕：对的。那么 3 可以等于什么？

新宇：3 除以 1 等于 3，所以，3 等于 3 除以 1。

家燕：对的。津津举个例子。请用百位以上的数字。

津津：$\dfrac{112}{1}=112$，所以 $112=\dfrac{112}{1}$。

家燕：结论是什么？

新宇：所有的数字除以 1 都是自己。所有的数字都可以写成自己除以 1。

家燕：很好！那么我出一题，你们来做 $3+\dfrac{1}{6}$。

新宇：您刚才说了，加就是和，也是又，所以 $3+\frac{1}{6}$ 等于 3 又 $\frac{1}{6}$ 等于 $3\frac{1}{6}$。这样就不用计算了。

家燕：嗯，很好！青出于蓝而胜于蓝。那 $3+\frac{1}{6}+\frac{2}{3}=$?

新宇：把 3 看成 $\frac{3}{1}$，然后再去加 $\frac{1}{6}+\frac{2}{3}$。

现在先通分，这个 6 是 1 的 6 倍，是 3 的 2 倍，所以 6 是最小公分母。

通分的时候，分数线上下要乘以同样的数字，通分后，分子相加，分母不变。

所以：

$\frac{3\times 6}{1\times 6}+\frac{1}{6}+\frac{2\times 2}{3\times 2}=\frac{18}{6}+\frac{1}{6}+\frac{4}{6}=\frac{23}{6}=3$ 又 5/6

3 又 5/6 可以写成 $3\frac{5}{6}$，也是 $3+\frac{5}{6}$。

家燕：很好！还可以使用另外一种方法来计算，结果是一样的。你先让分数同分数相加，先不管 3 这个整数。比如在这道题里面，3 是整数，你先不管 3，先把分数加起来：

$3+\frac{1}{6}+\frac{2\times 2}{3\times 2}=3+\frac{1}{6}+\frac{4}{6}=3+\frac{5}{6}=3$ 又 5/6

3 又 5/6 就是 3 + 5/6 就是 $3\frac{5}{6}$。

也就是当 1 个整数和 1 个分数相加时，你就可以写成该整数又该分数。清楚了吗？不同的方法得出同样的结果。另一种情况可能会是这样，我们把上面的 1/6 换成 5/6、2/3 换成 1/3：

$3+\frac{5}{6}+\frac{1}{3}$ 等于多少？

$3+\frac{5}{6}+\frac{1}{3}$

$=3+\frac{5}{6}+\frac{1\times 2}{3\times 2}$

$=3+\frac{5}{6}+\frac{2}{6}$

$$= 3 + \frac{7}{6}$$

$$= 3 + 1\frac{1}{6} \text{（7除以6等于} 1\frac{1}{6}\text{）}$$

计算到这里，你可以整数加整数。会加吗？

新宇：3加1等于4，然后再"又"$\frac{1}{6}$，这题的计算结果等于 $4\frac{1}{6}$。

那么，新宇你把这题的整数3也变成分数来计算一下，看看结果。

新宇：3可以变成$\frac{3}{1}$，用6作公分母通分，$\frac{3}{1}$的分数线上下同乘以6：

$$\frac{3 \times 6}{1 \times 6} + \frac{5}{6} + \frac{1 \times 2}{3 \times 2}$$

$$= \frac{18}{6} + \frac{5}{6} + \frac{2}{6}$$

$$= \frac{25}{6}$$

$$= 4\frac{1}{6} \text{（25除以6等于} 4\frac{1}{6}\text{）}$$

家燕：很好！妈妈回答了你们的问题了吗？

新宇：现在我都清楚了。谢谢妈妈！

家燕：津津呢？

津津：我也清楚了。谢谢妈妈！

家燕：宝贝们，不用谢！还有问题吗？

新宇：为什么一个分数除以一个分数是乘以它的倒数呢？我知道一个分数除以一个分数是乘以它的倒数，我会这样计算，但不知道为什么？

家燕：为了让分数线下面的那个分数变成1，这样就能让分数除以分数变得简化了。方法是分数线上面的分数和分数线下面的分数必须乘以同一个数，目标是将分数线下面的那个分数变成1。那怎样才能将分数线下面的那个分数变成1呢？妈妈来举例说明，我们来用2/3除以5/7：

$\dfrac{2}{3} \div \dfrac{5}{7}$ 等于多少？

新宇：$\dfrac{2}{3} \div \dfrac{5}{7} = \dfrac{2}{3} \times \dfrac{7}{5} = \dfrac{14}{15}$。

家燕：很好！妈妈知道你能计算，并计算正确。妈妈也知道你很想知道为什么，即为什么除法变成乘法了呢？

我们来将 $\dfrac{2}{3} \div \dfrac{5}{7}$ 这种表达式换一种式子来表达，表达形式不同，但意义完全一样：

换成 $\dfrac{\frac{2}{3}}{\frac{5}{7}}$ 等于几呢？

首先先看两个分数之间的那个"长（chang）的分数线"下面的部分。

你要先把"长分数线"下面的部分变成1，你就让 $\dfrac{5}{7} \times \dfrac{7}{5}$，也就是让 $\dfrac{5}{7}$ 乘以自己的倒数，即

$\dfrac{5}{7} \times \dfrac{7}{5}$，7和7约是1，5和5约是1，1除以1是几？

新宇、津津：$\dfrac{1}{1} = 1$

家燕：是的。

"长分数线"下面的部分乘以 $\dfrac{7}{5}$，"长分数线"的上面也要乘以 $\dfrac{7}{5}$，这点还需要妈妈解释吗？

新宇、津津：不用。

家燕：为什么？

新宇：分数线下面乘以几，分数线上面就要乘以几，分数线上面和分数线下面要做同样的事情。

家燕：新宇说得很好。那么，我们来看

$$\frac{\frac{2}{3} \times \frac{7}{5}}{\frac{5}{7} \times \frac{7}{5}} = \frac{\frac{2}{3} \times \frac{7}{5}}{1} = ?$$

算到这里，妈妈要问你们哦，任何数除以 1 是几？

新宇：任何数除以 1 还是自己。

家燕：请举例。

新宇：$\frac{2}{1} = 2$

家燕：津津举例。

津津：$\frac{9}{1} = 9$

家燕：都回答得很好。所以，$\dfrac{\frac{2}{3} \times \frac{7}{5}}{1}$ = 自己
这里的"自己"是什么？

新宇：是"长分数线"上面的部分：$\frac{2}{3} \times \frac{7}{5}$。

家燕：请计算一下"自己"。

新宇：分数相乘是分子乘以分子，分母乘以分母。

$$\frac{2}{3} \times \frac{7}{5} = \frac{14}{15}$$

家燕：计算正确。那这个 $\frac{7}{5}$ 是不是"长分数线"下面原来除数 $\frac{5}{7}$ 的倒数呀？

新宇：是的。

家燕：所以？

新宇：所以，分数除以分数是被除分数乘以除数分数的倒数，现在知道了。谢谢妈妈！

家燕：儿子，不客气！强调一下，我们这里说的"被除分数"是指这道题里面除号前面的那个分数或这道题里面那个"长分数线"上面的那个分数；这里的"除数分数"是指这道题里面除号后

面那个分数或这道题里面那个"长分数线"下面的那个分数。今后在学习中遇到同样的情况,以此类推。

那么,为什么分数乘以分数是分子乘以分子,分母乘以分母呢?

新宇:不记得为什么了。

家燕:妈妈出一道题,你来做,两个分数相乘,你先分别计算出每一个分数里分子除以分母的结果,然后再将结果相乘。比如:

$$\frac{4}{2} \times \frac{6}{3}$$

4除2是几?

新宇:是2

家燕:6/3是几?

新宇:是2

家燕:2×2是几?

新宇:是4

家燕:$\frac{4}{2} \times \frac{6}{3}$ 那你用分子乘以分子、分母乘以分母的方式来计算一下,看看结果。

新宇:分子乘以分子4×6=24,分母乘以2×3=6,然后,$\frac{24}{6}$=4。计算结果一样。

家燕:这就是为什么分数相乘的时候可以用分子乘以分子、分母乘以分母,就是这样总结得来的方法,是分数相乘的方法之一。

新宇:那为什么不都用第一种方法,先除再乘呢?

家燕:有的分数是除不尽的,除不尽就会有小数点,为了避免小数点,就使用第二种方法,分子乘以分子,分母乘以分母。有道理吗?

新宇:有道理!不过,如果结果不是$\frac{24}{6}$,而是$\frac{25}{6}$,25除以6

是除不尽的，也会有小数点呀！

家燕：那就"又"什么的。你看25除以6是"又"几呀？

新宇：4又$\frac{1}{6}$，也是$4+\frac{1}{6}$。

家燕：很好，这样"又"一下，就可以避免小数点了。好了，今天就到这里吧，妈妈今天上了一天的课也累了。若还有问题，改日再问好吗？

新宇、津津：好的！

家燕：对了，1这个数字比较特别。我们老师曾经说过，1这个数字像一个演员。为什么说它像一个演员呢？一个演员可以演一个老人，可以演一个中年人，可以演一个学生，无论他演什么角色他还是他。他不会因为演了其他的角色，他就不是他了。

那他为什么要演一个老人呢？是因为在那个故事里，他最适合演那个老人；

那他为什么要演一个中年人呢？是因为在那个故事里，他最适合演那个中年人；

那他为什么要演一个学生呢？是因为在那个故事里，他最适合演那个学生；

所以1要扮演2/2还是扮演3/3，是扮演9/9还是扮演15/15，是扮演168/168还是扮演3000/3000，完全根据情况。好了，宝贝们，比喻只是比喻，比喻仅供参考。

新宇：1当演员，妈妈您再举三个例子好吗？

家燕：好吧！

（1）$1+\frac{1}{3}=\frac{3}{3}+\frac{1}{3}$

（2）$1+\frac{1}{3}+\frac{5}{6}=\frac{6}{6}+\frac{2}{6}+\frac{5}{6}$

（3）$1+\frac{3}{4}+\frac{1}{6}+\frac{2}{3}$

$$= \frac{12}{12} + \frac{3 \times 3}{4 \times 3} + \frac{1 \times 2}{6 \times 2} + \frac{2 \times 4}{3 \times 4}$$

$$= \frac{12}{12} + \frac{9}{12} + \frac{2}{12} + \frac{8}{12}$$

家燕：在（1）这道题里面 1 扮演什么？这道题的答案是几？

新宇：1 扮演 $\frac{3}{3}$。（1）题答案是 1 又 $\frac{1}{3}$。

家燕：在（2）这道题里面 1 扮演什么？答案是几？津津回答好吗？

津津：1 扮演 $\frac{6}{6}$。（2）题答案是 2 又 $\frac{1}{6}$。

家燕：很好。那么在（3）这道题里面，1 扮演什么？答案是几？

新宇：1 扮演 12/12。（3）题答案是 2 又 $\frac{7}{12}$。

第三节 制版课

蒲老师：今天大家在课堂上需要做的事情是同学们要像昨天老师那样进行立体裁剪和制版。下节课展示你们的作品。

开始之前，老师要说的是在测量后同学们需要注意松量这个问题。女生的婚礼服和晚礼服及一些类似的服装原则上是需要非常的合身，但是一定的松量还是要有的。松量英文是 ease allowance。那么，制版的时候除了考虑松量还需要考虑缝份 sewing allowance。其他服装包括外套，还有休闲装，在量身裁剪时，都要有一定的松量，即宽松的幅度。否则当衣服特别合身时，会影响你的运动和运动幅度。那这个松量是多少呢？我发给大家的书里，有一个基本的松量表，大家在制作衣服的时候可以参考。你们从表上可以看到，晚礼服和连衣裙等属于一类的，夹克的松量就会多一些，棉衣的松量就会更多，大家自己研究一下。在实际制作中，裁缝或设计师还有衣主还可以按自己的想法来确定松量,如喜欢紧身一些,松量可以小一些;喜欢宽松一些,松量可以多一些。不需要太拘泥于松量表里的尺寸。但是有一种情况你必须按要求,那就是客户如果需要你按照松量表里面的松量尺寸来制作他们的衣服,那你是一定要按要求做的,或是他们自己有一套松量表尺寸,需要你按他们提供的这套松量表尺寸来制作,那你也不能自作主张。不过,通常他们提供的衣板上面松量和缝份其实都有了,衣厂就按客户提供的衣板裁剪和缝制就好了。在客户提供的作业单上会有详细的要求,包括缝份是 1/4 英寸还是 1/2 英寸,都会有明确的注明。

好了,同学们,你们的书中都有明细,今天你们可以随心所欲地来制作你们自己的第一件衣服,本老师并不想给你们太多的规定,书上的规定已经够多了。无论是松量还是缝份,想留多少自己决定,但你自己要给自己一个交代,即你为什么要留出这么多或这么少的松量?为什么你要用"1/4 的缝份或 1/2 的缝份"?如有问题,先自己琢磨,下节课请同学们展示自己的作品,我们也可以讨论你遇到的问题。同学们自己能够经历每一个程序和细节、尺寸,比老师在课堂上说或你们自己阅读书中的演示会更有收获。

好,开始吧。

同学们都走到教室的前面,开始很有秩序地使用自己带来的布料在衣模模型上勾画轮廓。当一个学生把自己的布料包在衣模模型上勾画轮廓时,其他同学在观摩。同学们都很有序很认真地在做自己的"工程"。

李援朝到访

客厅里,单阿姨在给援朝倒茶。

单阿姨:方菲没有一起来?

援朝:没有。我下了班直接过来了。

单阿姨:你很久没有来了,在忙什么呢?

援朝:单阿姨,我跟您说真话,我有时候都不知道自己在忙什么。

单阿姨:不会吧?

援朝:是真的!单阿姨,家燕几点下班?

单阿姨:她现在没在上班,她现在在上课。她今天下午有课,会晚点到家,你要等一会儿。

援朝:我可以等。

单阿姨:我给你煮碗面吧。

援朝:好的。谢谢单阿姨!

正说着,楚军长进来了。

援朝起立,说,楚叔叔好!

楚军长:坐,请坐!你爸爸妈妈好吗?

援朝:他们都好!他们刚从承德回来。

楚军长:替我问好。

援朝:一定!

楚军长:我和孩子们刚吃完饭,让单阿姨给你做点爱吃的。

援朝:单阿姨说给我煮面。

楚军长:听单阿姨说你是来看家燕的?

援朝:也是来看楚叔叔的。

楚军长:嗯,还是那么调皮。听家豪说,你们集团发展得很好。家燕刚回来,希望多多关照她。

援朝：一定！

楚军长：这个世界属于年轻人。你爸你妈还有我，我们都老了。

正说着，家燕回来了。见爸爸在客厅同客人谈话，就喊了一声：爸，我回来了。我去厨房。

楚军长：家燕，过来！

家燕进了客厅。看到援朝，说：爸爸，您的客人是李二哥呀？

楚军长：也是你的客人，援朝来看你。单阿姨在为援朝煮面，也让单阿姨为你煮碗面，你们一起吃吧。可能援朝能给你点建议。

家燕：那太好了。我去厨房帮一下单阿姨。

楚军长：好的，去吧！

楚家餐厅内 家燕和援朝一起吃面

餐桌上，家燕和援朝一人一碗面。

家燕：李二哥，好久不见了。

援朝：是的，快10年了吧。大家都喊我援朝，你也喊我援朝吧。

家燕：好吧。

援朝：单阿姨煮的面特别好吃。

家燕：是的，我也喜欢单阿姨煮的面。

援朝：我饿了，我先吃了。

家燕：好的，吃完再给建议吧。

援朝：其实，建议不敢当。只是听家豪说你回来了，就想来看看你。

家燕：想听听你的建议。先吃饭吧，我也饿了。

初级班最后一节制版课

蒲老师：今天我们讲平面制版。

在开始之前，首先请同学们把你们完成的作业，即自己做的衣服的纸板放在桌子上，老师需要过目一下。我需要知道你们完成作业了，不仅有成衣展出，还按老师的要求制作了纸板，然后请同学们展示自己的作品。

蒲老师走到一位同学的桌前看了一下她做的纸衣板，问：你的衣板的前片为什么只有一片？

该同学：裁剪的时候，布料是双层的，所以一片就够了。双层布料裁剪出来就是两片。

蒲老师：可能是我没有讲清楚。好，全体同学们请注意，凡是成双成对的部分，比如前片和袖子等，衣板必须成双成对，不可以是一片。并且还要在上面注明是左片还是右片。除非当你的衣服的前片像后片一样只有一片的情况下，你的前片衣板才可以是一片，如果你的后片是两片组成的，那你的衣板的后片也必须是两片，并注明右片或左片，当然如果后片只有一片，你制作的后片的衣板就是一片。这里再强调一下，你制作一件衣服的衣板必须是一个整套，而不可以是半套。只做半套衣板的同学，回家后请补上。

蒲老师说完，继续走到每位同学的座位前查看他们的衣板完成的情况。

蒲老师：还有，一般需要在衣板最"正"的地方标注一条有箭头的与布料经线同方向的直线。还需要在两个衣片缝合线道重要的对齐部分处，标注裁剪时必须做的标记剪口（a small cut）作为对齐的标记。瞧我，这些标记是这堂制作平面衣板课才会讲到的内容，不是你们的问题，是老师的问题，老师还没有讲到。没关系，我先看你们的衣板是不是都做好了，至于上面的各种标记今天会讲到。等我讲完怎样注明衣板上的标记，会给大家时间，请同学们将自己衣板上的标记补上。

好，现在请每位同学把自己的作品穿在衣模模型上，这样大家可以看到你的作品是否"合身"，同时也可以欣赏彼此的制作。一共 10 位同学，一次请上来三位同学。

每一组同学都上来展示了他们的作品，同学们在看，老师也在看。蒲老师不断地点头，并说：很好！很好！

最后一组就一位同学：楚家燕。楚家燕将自己的制品穿在了一个衣模模型的身上，展示的是一个用最廉价的一种海军蓝平布做的非常简洁的无袖连衣裙，前面较宽且中深度圆领，背部中间是深度 V 字形裁剪，V 字形边缘各缝有五个同布料做的扣襻，用同色布料做的窄带从 V 字形两边的扣襻交叉穿过。在腰部的上 2 英寸的部位延续到腰部下 5 英寸有一个隐形的拉链，裙裾为长裙裾，裙子的底边长短不齐，没有褶边，呈现的是布料的自然毛边。

蒲老师和同学们都异口同声地说：哇！ 好漂亮！

蒲老师说：款式简洁，非常完整，裁剪得非常合身，裙裾还是斜裁剪，并且缝制水平一流，非常漂亮的一个作品。楚家燕同学，老师有个要求，希望你能答应。就是请你在你的作品上签名，然后将签过名的作品送给老师，可以吗？这样老师可以在未来的制版课上将这一件杰作展示给我的学生们看，我的学生们需要榜样。

家燕：榜样不敢当，但是非常愿意留给老师做纪念。

蒲老师：太好了。那就请签名吧。

家燕在她的作品上用一个粉红色的记号笔签上了楚家燕三个字。美丽的签名，美丽的楚家燕。

……

援朝醉俯酒吧台

酒吧内。

援朝：干杯！为了庆祝楚家燕回来！

援朝朋友用浓重的天津口音，劝说着援朝：你已经喝了很多了，别喝了！

援朝：我怎么办呢？我以为她离开天津会过得不好，会后悔她做的决定，会离婚，会很快回到天津。可这么多年我希望的都没有发生。我听家豪说，他们过得很好，可能还会一起回到天津定居。所以，我绝望了，在家里的催促下我匆匆结婚了。我要是知道她会这样回到天津，我怎么都不会结婚的。我单身未婚那么多年，刚结婚两年，她就回来了。我该怎么办呢？

朋友：好么，我还以为多大的事情呢。

援朝：这事还不大吗？

朋友：做好朋友嘛！

援朝：说得容易。你做朋友试试看。

朋友：哎——你别把我拉进来。

援朝：我是说我！我没有说你！

援朝说着醉俯在酒吧台上。

援朝的朋友：来，我送你回家去。

援朝家门口

援朝朋友扶着援朝按了门铃。

方菲开门：这是怎么回事？援朝怎么了？

援朝的朋友：你问他吧。我有事先回去了。

方菲：谢谢你，王鹏涛！

方菲接替王鹏涛扶着援朝进入客厅。他们一同坐在了沙发上。

方菲：你喝酒了？你醉了？

援朝：我没醉，我想睡觉。不行，我要吐了。

援朝赶紧起身去了卫生间。从卫生间出来，援朝进了卧室。方菲追了过去。

方菲：说说你为什么喝醉？

援朝：别逼我了，我已经很痛苦了。

方菲：痛苦？为什么？

援朝：为了没能娶到自己心爱的人。

方菲：原来是这样！娶我的时候，你不是说我是你心爱的人吗？我不是吗？

援朝：你是，也不是。

方菲：你现在醉了，我不跟你理论，等你清醒的时候我们再说。

制版课中级培训班

在制版课的中级培训班，家燕学习到衣袖的制版和更多衣领的变换与制作，及更多裙装的制版。课堂上老师还向大家介绍了电脑制版的优势，为同学们做了演示，并说他们也提供这方面的培训。

家燕在给学生们上缝纫课

家燕新开的工作室周末提供缝纫课,家燕正在给学生们上课。

家燕:关于如何使用单针,昨天我们已经讲完了,大家也都练习了。同学们都能看到,我们的工作室有一台五线锁边机,一台三线锁边机。

今天我们讲怎样运作这两台锁边机。三线锁边机主要是对一片衣片的缝边进行单片锁边,当然,也可以使用三线锁边机为两个衣片的缝边进行锁边,锁边的同时进行连合。而五线锁边通常只用来锁边并同时连和两个衣片。三线的机器不能做五线的事情,而五线可以做三线的事情,即五线撤掉两条线就是三条线了。

请大家看墙上的这两幅图:

左边的是三线锁边缝制的样板,一片衣片的边缘被锁住;中间的这幅图,是两片衣片通过三线锁边被连合。如果你想为已经用三线锁边连合的衣片加固一下,可在锁边线的旁边再另外扎一道坚固线。右边的是五线锁边机缝制的样板,大家可以看到五线锁边机给予两片衣片一次性锁边连和并车上加固线。这块样板右边线道是锁边,左边的那条线道就是加固。你们穿的牛仔裤的两侧裤缝和内侧裤缝都是由五线锁边机缝制的,都是由五线锁边机一次性完成的。

三线的用途,请大家回家看看你们的睡衣睡裤上的锁边,多用的是三线锁边连和。对于睡衣来说,三线锁边连和就足够好、足够结实了。非睡衣的话,有些衣服三线锁边连和后,需要再用双针机压双线来做装饰线。在这种情况下,先使用三线锁边连和就足够了,不需要另外再车一道线加固,因为还要在锁边线上车双针线道。在正面看到的双线道既是装饰,也是加固。

会使用锁边机就能锁边,但在使用之前,最重要的是大家先了解锁边机的穿线。单针机的线架上有两个插线杆，一个是面线用，一个是绕底线用；而锁边机的线架上有比较多的插线杆。五线锁边机的线架上当然会有五个插线杆，可以放五卷线。五卷线就意味着有五个针，有五个针，就意味着你要穿五个针。锁边机的五个针的穿线有点复杂。锁边机的正面都有一个盖子可以打开，盖子的内侧面画有穿线图。好，同学们随我来，我先为大家讲解并示范一下如何为五线锁边机穿线。会穿五线锁边机的线就会为三线锁边机穿线。

家燕坐在了五线锁边机前，学生们站在了家燕的身后。家燕掀开了锁边机面板左边的一块板，翻了过去，然后拉下了机器正面的一个盖子，又推开了机器左边的侧盖，锁边机的机芯就暴露在大家的眼前。

家燕：这个组合是5针5线，2针在上面比较好穿。请大家看，面板上方锁边机正面的这一排机线张力调节旋钮最左边的1号线穿在送布齿上方的一根针上，紧挨着1号线旁边的4号线是穿在送布齿上面的另一根针上，4号线是加强线道的面线。依次，4号线右边是2号线是穿在送布齿下方的一根针上，最右边的是3号线，是穿在送布齿下方的另一根针上。那么5号线在哪里？5号线是底线，是加强线道的底线，是从机器的后面穿过来，穿到机器的左边，再穿到机器的前面，同2号针和3号针一样都在机器的送布齿的下方。穿好线，需要合上机器正面的盖子，再合上机器侧面的盖子，然后将刚才翻过去的面板再翻回来，这样一切就准备就绪了。同学们现在知道了，我们需要为5根针穿线，最难穿的是2号线、3号线和5号线。我示范之后，大家轮流做穿线练习。你们每人先练习一遍，即第一位同学先来打开左边的面板，打开机器的盖子，拆掉我穿好的线，从头穿一次，其他同学看他怎样做。然后第二位同学上来再拆掉第一位同学穿好的线，再按步骤从头穿线，直到每一位同学都练习完毕。如果你用五线锁边机当三线锁边机用，你就不需要穿 4 号面线，同时不要穿上 5 号底线就可以了。那么三线锁边机只有 1 号、2 号、3 号线。你能穿好五线锁边机的 1 号、2 号、3 号线，你就能穿好三线锁边机的 1 号、2 号、3 号线。

家燕现在演示撤掉机器送布齿上方两个针的穿线，然后又撤掉了位于送布齿下方三个针的穿线，开始从头穿起。同学们在仔细观看。过了一会儿，家燕穿完线了。

家燕：好了，穿好了。

一同学：真得很复杂耶。

家燕：有点复杂。大家看到了，为五线锁边机穿线是需要时间的，熟悉了就好了，请同学们在有限的时间里多实践。自己不做的时候，观看其他同学引线穿针的过程也是学习，同学们要相互学习。上午只练习穿线，下午我们练习运作锁边机。

家燕：好，现在我把机器交给你们。

同学们在专注地练习五线锁边机的穿线。

下　午

家燕：现在我们先练习五线锁边。

请同学们看一下，机器这里有一个切刀，也就是你在锁边的时候，布边若有些毛头，或不够整齐的毛边，都可以在锁边的同时切去衣片上的毛头或毛边。如果你认为你的缝份不需要被切去什么，或者你担心切去原定缝份的一部分后会造成尺寸不够的问题，你就在锁边的时候，不要将布边碰触到这里的切刀。要不要切？切去多少？根据实际需要确定。

好，大家多多练习，多多实践，多多体会，积累自己的经验。练完五线锁边机，如还有时间，可以练习一下三线锁边机的使用。开始吧！

同学们都挺激动的，跃跃欲试。大家排队练习，互相观摩。

看同学们练习得差不多了。

家燕：如果自己只有一台五线锁边机的话，大家知道在五线锁边机上撤掉4号线和5号线，就是三线锁边了，这里就不多说了。同学们，锁边课就到这里了。额外同大家要说的是，通常衣服的前片和后片两片需要使用锁边缝合，如无袖的连衣裙的两个侧缝，从袖笼合起的地方一直到裙子的底边。如果该裙子的袖笼因有裹边，当你用锁边机将前片和后片两片缝合时，起针的地方是袖笼的缝合处，因那里有袖笼的裹边，所以起针的地方很厚，有时在起针的地方就卡住了，无法向前推进，线也都缠绕在那里，一团麻乱。解决这个问题的方法是，起针的时候，在这个点上，你需要特意用手给点力气向前推动一下，这样就会顺利过关。好了，记住这点，今后在使用锁边机锁边时，如遇到类似的问题，都可以这样解决。

下个周末两天，星期六的上午，我们讲如何使用双针，时间还多的话，我们一起简短回顾一下，没有缝纫机的时代，人们是怎样手工缝制衣服的。星期六的下午是自由练习，练习单针，练习锁边，练习双针。星期天的一天，每个人都要制作一套睡衣，一套是指有上衣有裤子。我提供样板，你们每人需要带来的布料幅宽是60英寸，也就是1.52米的幅宽，长2.5米。如果只是为了练习，选最便宜的平布，一色的就好；如果你为自己制作这套睡衣，你就买自己喜欢的面料。大家一起练习的内容有：锁边缝合、单针缝制、学习上衣领、对睡衣袖口褶边、对睡衣底边褶边、对裤脚底边褶边、给裤腰上松紧带。我会提供大家松紧带,所以你们不要另外买松紧带。这样的实践会更贴近实际,这样的练习对你们将来的工作,无论是你自己开制衣工作室,还是去衣厂打工,都会有帮助。我们两个周末共 4 天的课程就要在制作一套睡衣中结束了,之后,就靠你们自己了。今天这堂课就到这里,祝大家天天快乐!

同学们鱼贯而出,并对家燕说:谢谢老师! 老师再见!

家燕:再见!

家燕正在归置东西,援朝到了。

援朝:楚老师,我也来参加培训,可以吗?

家燕:李援朝,你没有说你今天会来。突然出现,能把别人吓一跳。

援朝:别人?别人是谁?

家燕:别人就是我。

援朝:我可没有把你当别人,所以就来了。

家燕:有事吗?

援朝:晚上一起吃晚饭吧,聊聊合作。

家燕:爸爸、新宇和津津会等我的。

援朝:今天是星期天,刚才路过你们家的时候,我已经同你爸爸还有单阿姨都说了,我说晚上我请家燕吃饭谈公事,会晚点把家燕送回来。怎么样? 安排得周到吧?

家燕:以后如不事先告诉我,不可以替我做任何安排。

援朝:那这次就宽容了?

家燕:还是要先谢谢你啦!

家燕和援朝

援朝的奔驰 S500 奔驰在京唐公路上。

车上：

家燕：我们去哪里吃饭？

援朝：到了我就告诉你。

很快援朝的车停在了塘沽区一个漂亮的五层楼前。

援朝：这是我和几个哥们的会所，只有我们自己和家人及我们的贵宾，才可以在这里吃饭和娱乐。

援朝的车刚停下，门口的几位服务生一起赶了过来，他们分别为援朝和家燕开了车门。

援朝和家燕下车。援朝和家燕分别向服务生说了声：谢谢。

他们一起进入楼内，上了电梯。电梯在顶层停住了，电梯门开了。援朝说：请！

援朝随家燕出了电梯。在"山郭"的门口，援朝推开了餐室的门，对家燕说：请吧！

在"山郭"吃饭

家燕：好雅致的餐室。为什么餐室的名字叫"山郭"？

援朝：我喜欢杜牧的《江南村》这首诗。

家燕：是这样啊？水村山郭酒旗风。

援朝：是的。这个餐室的名字就来自这首诗中的这句话。天津有水，但没有山，只好向杜牧借用"山郭"二字，好让我们在吃饭的时候仿佛置身在山城一般。

家燕：曾经是一名军官，现在是一名企业家，还记得杜牧的诗一首。

援朝：首先，我记得的杜牧的诗不止一首。还有，别忘了，我虽是戎装出道，我可是军院毕业的，能武能文。

家燕看到了墙上的一幅书法作品，情不自禁地念道：有朋自远方来，不亦乐乎？

援朝：这是从《论语·学而篇》上抄来的。喜欢吗？

家燕：喜欢！

援朝：喜欢就经常来。请入座吧！

家燕：谢谢！

援朝也入座了，他坐在了家燕的对面。桌上已经摆有茶水，还有两个椰子、两杯葡萄酒。援朝拿起菜单问家燕：想吃什么？

家燕：随便。

援朝：我们的会所没有"随便"这道菜。

家燕：你安排就好了。

援朝：那我就为宾做主了。我知道你不稀罕海鲜，和不稀罕海鲜的人一起吃饭，最痛苦了。

家燕：为什么？

援朝：点菜就特别难。

家燕：吃什么不重要，重要的是听你谈公事。

援朝：我想好了8个菜，一个鱼翅汤，然后是甜点，甜点之后是冰激凌。

家燕：不多于5个菜好吗？我们就两个人吃饭，不要浪费耶。鱼翅汤就免了，我从来也没有觉得鱼翅汤有什么好喝的。

援朝：听说鱼翅汤可以延年益寿。

家燕：反正都是100年，吃什么都有活到100岁的。皇帝可以天天吃鱼翅，也没有见哪个皇帝活到 100 岁。

援朝：家燕，你长大了！

家燕：你也长大了耶！

援朝：是，我们都长大了。我点一个酒酿汤圆做甜点，冰激凌随后。

家燕：不要汤圆了，甜的有冰激凌就好了，行吗？

援朝：当然行！我们喝什么呢？

家燕：我有绿茶就行。

援朝：压缩了今晚的菜单，我保留了天津烤鸭、我们唐山的名菜鸿宴肘子、酱汁瓦块鱼、还有——

家燕：要个素菜吧。

援朝：好，香椿鱼儿。

家燕：又是鱼呀？

援朝：香椿鱼儿是我们家乡唐山的一道特色菜，听起来是鱼，其实是素菜。送上来后，你先尝尝，不好吃，我们就再点别的。这就四道菜了。

家燕：可以点一个大豆苗吗？那是我最爱吃的。

援朝：你亲自点了，我就省心了。大豆苗也是我最爱吃的。

家燕：我是很好打发的。

援朝：你是公主却没有公主病，我真羡慕查晓潮。

援朝发现自己跑题了，接着说：对不起！

家燕：其实，你说得都对。

援朝按了一下桌沿底下的一个按铃，一服务生敲门。援朝：进来！

服务生进来后，援朝点了今晚的菜。

援朝：我们还是先喝点葡萄酒吧。

家燕：好吧。

援朝：还记得那年的春节团拜吗？后来就一直到现在，没能忘记你，还是爱着你。告诉我，我该怎么办呢？

家燕：你谈私事，我就先回去了。

援朝：哎——别介。爱慕了这么多年，还不给个机会表达一下吗？

家燕：你表达完了，我们可以谈你说的公事了吗？

援朝：好，谈公事。

援朝正襟危坐：我们先喝酒。来，干杯！

家燕：干杯！下面我还是喝茶，你自己随意吧。

援朝：我哪里可以随意？我要开车，安全第一，所以我不能随意喝酒。我想谈私事，可是你不允许，所以我不能随意谈私事。随意对我来说就是奢侈。

家燕：哎，你怎么了？我怎么没有看过你的这一面。

援朝：哪一面？

家燕：好了，我饿了，我可以先吃点凉菜吗？

援朝：当然可以！我也饿了，一起吃吧。

家燕：这个香菜干丝好好吃。

援朝：我也喜欢！

家燕：我们边吃边聊吧，说说你的公事是什么？

援朝：上次在你们家吃面，10年后初次见面，不知给啥建议。其实那天你说得比较多，你说想建立工作室，我还以为你说说而已。我发现你的动作很快，不仅建立了，还先用上课来赚工作室的费用。今天我可以给点建议了，来我们集团吧。

家燕：去你们集团做什么呀？

援朝：我们集团下面有两家大的制衣厂，你来负责一家衣厂的工作吧，你是最合适的人选。

家燕：为什么我最合适？

援朝：首先，你有制衣的相关知识和经验。我今天还在门外听了一会儿你讲课，你没有注意到我，你的眼里只有你的学生，我真心想来报名上课。

家燕：我才知道李援朝还挺幽默的。

援朝：我是认真的，我可以报名吗？这样我每个星期可以和你在一起度周末。瞧我！我还是接着谈公事吧。说你是最合适的人选，除了你的相关知识和经验外，你是我最信任的人。怎么样？可以考虑吗？

家燕：可以不考虑吗？

援朝：理由？

家燕：理由是，我喜欢自己的工作室，暂时不考虑关闭事宜，还有很多想法有待实现。有自己的工作室，决策上不受干扰，可以独立实现自己的想法。

有人敲门，"进来。"援朝喊道。

一服务生推了一个小车，为他们送来了饭菜。摆好了饭菜，服务生说：请李董和客人慢用！

援朝说：谢谢！

援朝对家燕说：考虑一下，改日回复我，好吗？你的工作室也可以成为我们制衣厂的一部分，不矛盾。

家燕：我考虑一下！我们先吃饭吧。我真的饿了耶，谢谢你招待我！

援朝：很荣幸你能光临！

他们吃完饭后，援朝走到了阳台前。援朝说：我现在为你打开通往阳台的幕帘，来看看天津塘沽港的夜晚。

家燕走上了阳台，看着外面的景色回复到：天津的变化好大耶。

但这样的夜景又让家燕想到了与晓潮在一起的时候渔排上的那些夜晚。

家燕：太晚了，送我回家吧。

援朝：好的！

星期天的制衣缝纫课

家燕：好，在大家开始前，我想同大家分享我对机器一些功能的了解，然后一起复习一下单针机电脑设定部分的设定。

家燕走到一台单针机前，打开电源。同学们围站在老师的身后。

家燕：机器正面这里有一个调解钮。往右转，在缝制结束断线后，留下的线头就比较短。往左边转动，断线后，留下的线头就比较长。根据需要吧。底下这个是面线的张力盘。在做较厚的衣服时，可以往左调解，使面线不要张力太大，否则会容易断线。机器的顶部这里有一个像烟囱一样竖起来的调节器，可以调解压脚的压力。压脚的压力小，较厚的衣服在缝制的时候，容易向前跑进。电脑盘的控制，这里再复习一下。我来问问题，大家回答。

家燕：倒针的针数，最多可以设置几针？

同学们：15针。

家燕：机器厂家的原设置是4，通常我们用几针？

同学们：2或3针。

家燕：很好！在什么情况下，你可以设置想要的开始缝制和结束缝制处倒针的针数？

一同学：先按上排左边第一个开关，在绿色开关灯亮的情况下可以开始设置。

家燕：说得对。记住，这个开关如是关着的，说明你现在的缝制中没有使用回针功能。缝制的时候，起步和结尾都没有回针。怎样减少回针的针数？怎样增加回针的针数？

该同学：您说过，这个开关打开后，开关灯就亮了。在这个开关开着的情况下，按屏幕下方的箭头做选择，按一下，是选择1。选择1是3个小横杠，代表没有数字，是空无的意思，也就是没有回针设置。再按一下，会看到一个小黑点指着左边上面的那个双重回针图，工厂的设置是4。再按一下箭头，会看到那个小黑点移到了下面，指向了简单的回针程序图，工厂的设置也是4。这个小黑点指向什么图，你的设置就涉及哪个图。这时你可以用屏幕下方的加号和减号改变针数，然后按屏幕下方的箭头键确认。如果你要对回针图上的ABCD的针数进行分别设定针数的话，例如，要A（起针时前进的针数）是3针，就按屏幕下方标有ABCD的键，按一次，屏幕上A字母底下的数字在闪动，用屏幕下方的减号或加号调整针数；再按一次标有ABCD的键，屏幕上B（起针时回针的针数）字母底下的数字在闪动，用屏幕下方的减号或加号进行调整倒针的针数；按第三次，屏幕上C（扎一道线结束时回针的针数）底下的数字在闪动，用屏幕下方的减号或加号进行调整倒针的针数。再按，屏幕上D（倒针后在前进的结束针数）底下的数字在闪动，你用屏幕下方的减号或加号调整针数。然后再按刚才"开"的那个开关来表示设置完毕，最后，再按一下"箭头键即回车键"，来对刚才的设置进行确认！

家燕：表达得非常清楚。谢谢！

该同学：老师，我有一个问题。

家燕：请问。

该同学：我知道如果关上屏幕上这个开关，就是缝纫中既没有起始处的回针也没有结束时的回针。那我只想要结束时的回针而不要起始处的回针，该怎样设置呢？

家燕：这个问题问得好。上面这个开关是"总管"。当这个总管的开关打开后，通常你看到的是你以前设置的起针时的倒针针数和结束时的倒针的针数。你要让起始处没有回针的话，你就按屏幕下方的箭头键，按一下，就是三个短横杠———，表示空无，即没有倒针。如果你要设结束处没有倒针，你保留起始处的回针设置，你按屏幕下方的这个减号，按一下，就是三个短横杠———，表示空无，即没有倒针，这样，你在缝制中结束时就没有倒针。总结一下，上面这些开关都算是总开关，我们可以把它们叫作总管。在分别设置回针的需要时，箭头键和减号键是分管，箭头键管起针处的回针设置，减号键管结束时的回针设置。如果需要对回针示意图中的 ABCD 针数分别进行加或减的话，就需要使用屏幕下方标有 ABCD 字母的键。还有问题吗？

该同学：没有了。

家燕：怎样设置双重回针？

另一同学：设置程序应该都一样，只是总开关需要选择屏幕上方中间那个有双重回针图案的开关。即那个小黑点要指向双重回针图，才能设置双重回针设置。

家燕：说得也很清楚。非常好！这种双重倒针，通常用在缝制的哪个环节上？

同学们没有能回答这个问题。

家燕：我简单介绍一下，通常用在，如裤腰上面支撑皮带的裤袢的上下两端，以加固它的牢固性，或裤子口袋袋口的两端也需要加固，还有衣衩或裙衩的顶端也需要用双重回针来做一次加固，像这样凡是需要加固的点或地方都会用到这种双重回针的设置。今天我们的睡衣制作只会用到简单回针，所以大家可以多实践简单回针的设置。

该同学：谢谢老师！老师，上排右边的那个 i 开关是管什么的?

家燕：我在衣厂缝制衣服的时候，没有使用过那个 i 键。所以，我也不清楚，也就没有向你们介绍 i 开关。但商家派人来为我的工作室安装机器的时候，我问过来安装机器的人员，他们只简单地介绍说这种机器有很多功能，"i" 是 information 的缩写，在这里是更多信息或更多功能的意思。如果你按住 i 键长达 1 秒，屏幕上就会显示第一项功能，你可以设置，设置好了按下屏幕下方的那个箭头键进行确认，然后翻到第二项，等等，最后，再按下 i 键，就会从功能设置状态回到通常的缝制状态。他们说使用手册上都有说明，我还没有时间看，最主要的是目前的基本功能已经很好用了。我想你们在做普通的缝制时，也不会用到这个 i 键。不过安装机车的技术人员举了一个例子，比如，当底线快用完时，你想让机器提前告诉你一声，你可以在 i 键底下选择那一项进行设置。那么按你的设置，底线快用完了，机器会 beep，即通知你，底线快到头了；在 i 键底下还可以设置速度什么的。有时我会想，在没有电脑的时代，衣厂和裁缝店的师傅们不是也一样能缝制出衣服吗?

好，同学们，我们现在回到今天的主题。今天的主题就是用制作一件睡衣来熟悉单针、锁边机和双针的使用。今天我们要做的是，在裁剪台上铺好你们的布料，在布料上放上衣服的模板，然后裁剪、缝制。在铺布之前，需要对布料做这么一件事情：如果你不确定你的布料的横向的毛边，不是纵向的布边，纵向的布边是机器的织边，横向的毛边是你买布时卖布人员的剪边，如果你不确定横向的毛边是直的或者说它可能是斜的，你就像我这样，我示范一下。这是我的一块布料，我现在在布的一端大约一英寸的地方与机器边垂直的方向剪开一个半英寸的小口，然后用手撕掉这个一英寸的布边，这个布边会顺着同一条横向的织线即布料的纬线被撕开。那么撕掉这个布边后，这个布端的布边就一定是完美地与机器边垂直的，也可以说这个横向的毛边是整齐的，这样你衣服的裁片就非常工整，只要你的模板摆放正确，裁片就不会出现由于有倾斜的纬线而造成衣服的外观不正。下面大家自己确认一下自己准备的布料是否需要做这么一个准备程序。给你们10分钟准备和确认。

10分钟后。

家燕：确认好了吗？

同学们：好了！

家燕：同学们，把你们确认好的布料，叠铺在裁剪台上。谁先来？

一同学：我先来。

家燕：裁剪台上的一端有一条与裁剪台的纵边垂直的线，是我画的。对了，忘记说了，请同学们将你手上的布料顺着布料的纵向的中线折叠起来，一折为二，布的反面在里面，确保布料两边的机器边相互对准。我来同袁静同学一起折叠她的这块布料，大家看一下。

家燕和袁静一起一折为二地折叠好了袁静为今天的制衣课准备的布料。

家燕边同袁静折叠布料边问同学们：60英寸宽的面料一折为二后，宽度是多少呀？

一同学：30英寸。

家燕：正确。大家注意看，现在像这样把这块布料的完美横向毛边的那端与我画的那条横线对齐。

家燕边说边帮助袁静同学铺好她的布料。

家燕：铺好后，捋平布料上出现的皱痕。

家燕边说边同袁静同学一起将布料捋平。

家燕：很好！其他同学请依次将自己的布料纵向一折为二后叠铺在这第一块布料上。

同学们很认真地按家燕说的程序在做。

这堂课不是排版课也不是制衣课，它还是缝纫课的一部分，所以排版方面我就不多说了。

我现在为大家排版。在为大家排放衣服的模板时，大家注意观看就好，有些重要须知我会提醒大家。

这是我工作室为大家提供的一套睡衣模板，我们把这些模板分成三排来排。

第一排：

这个模板是上衣的后片，一个整片。我把它沿着中线折叠起来，看起来就是半个后片。这条折起来的中线当然就是后片的中线，与布料的折叠中线同一个方向对齐。叠起来的后片模板看起来是半个后片，但因为这个布料是双层，并且布料折线是没有剪开的，所以裁剪出来后，就是一个完整的后片。布料折线将是上衣后片的中线。这个折叠后的半个后片最宽处为12.5英寸。

好，还是在第一排，排在后片旁边的会是上衣的前片。请注意这个模板上画有带箭头的直线，如何确保这条直线与布料"折线"是平行的，可以用你的直尺或皮尺测量模板上标注的直线上的任意两点到布料折线的距离，来确保这两点到布料折线是等距离，这样模板排的就是工整的。衣服前片的模板有左右两片，但今天我们只使用一块来排版，因为布料是两层，布料的折叠是背面对背面，裁剪下来，你得到的是两个前片，左右各一片。前片最宽处为13.5英寸。

最右边排上门襟内贴片，门襟内贴片有人也把它叫做"挂面"。挂面模板也是竖着摆放，门襟的挂面也有两块模板，今天的排版中我们也只使用到一块。由于布料是双层的，裁剪后，你会得到两片挂面。挂面的模板上也有一个带箭头的直线，请大家也要确保它的工整后才能裁剪。挂面的最宽处为3英寸，大家可以看到它的顶端和顶底处都比较窄，都是2英寸。

60英寸的布料一折为二后是30英寸。30英寸宽的布料能排下12.5英寸 + 13.5英寸 + 3英寸 = 29英寸的模板吗？ 答案是Yes。

第二排：

我们先排上后领口内贴片，这个贴片的作用，除了可以遮住领口缝边的毛边外，还可以将衣服的商标订在这里。我现在把这个模板也像后片一样对折起来，看起来是半片，然后把它的折线对齐布料的折线，裁剪出来，大家会看到一个完整的领口内贴片。该贴片的上沿的弧度完全同后领口的弧度。下沿半圆的弧度的模样由你自己来确定或按客户的设计。我做的这块领口内贴片上沿至下沿最深处的距离是3英寸，这个上沿至下沿的深度，你自己可以随意的，左右两端是2英寸深，这个左右两端的深度尺寸也可以随意，但通常这里是需要同门襟内贴片的上端连接起来的，所以门襟内贴片上端的宽度往往决定了后领口内贴片两端的深度尺寸。该贴片的最宽处为9"，半块模版的宽度是4.5英寸。

下面，我们在领口内贴片的右边排上领子。这是领子模板，总宽为17英寸，领子的高度是4英寸。领子模板也是两块，但我们今天排版只使用一块，由于布料是双层的，所以裁剪后，我们得到两片衣领。今天同学们的布料是够长的，所以，领子的模板是横着排在袖子的模板的上方。因是睡衣，如果是你自己穿，如果布料本身没有"反光"不一致的问题，或花纹不一致的问题，你也可以竖着排放领子的模板，排在袖子的旁边，而不是排在袖子的上方，这样在用料上可以节省4英寸。缝纫课上谈这么多，有点远了。

好，我们排入衣袖，衣服有两个袖子，所以袖子也有两块模板，但现在我们只用一块衣袖的模板，因布料是两层，裁剪后，大家看到的会是两个袖片。我们把衣袖的模板排在领片的下方。袖子模板的袖口须与布料的横边平行，袖子的模板上也有带箭头的直线标记，也请同学们测量一下该直线上面的任意两点是否同布料的折线等距离。袖子的最宽处是19英寸，袖长是24英寸。

60英寸的布料一折为二后是30英寸。30英寸宽的布料能排下4.5英寸 + 19英寸 = 23.5英寸的模板吗？ 答案是Yes。

第三排：

是排睡裤的模板。睡裤一共是4片，2片前片，2片后片，共4块模板，但我们今天排版只用到一块前片模板和一块后片模板，为什么呀？

一同学：布料是两层。裁剪后，就一共是4片，2片前片，2片后片。

家燕：完全正确。这里要说明一下，一般的裤子都有裤腰，如牛仔裤和正装裤。但我们今天制作的睡裤不另外上腰，腰同裤子是一气呵成的，换句话说裤片和腰是连在一起的。因睡裤要上松紧带，松紧带的部分就是睡裤的腰部，所以这套模板中没有裤腰的模板。请大家注意裤板上也有标有箭头的直线。大家已经知道这个标记的意义了，我就不重复了。裤子的前片最宽的地方是13英寸，裤子后片最宽的地方是 16 英寸。

60 英寸宽的布料一折为二是 30 英寸宽。30 英寸宽的布料能排下 13 英寸 + 16 英寸 = 29 英寸的模板吗？答案是 Yes。

上衣的长度是 26 英寸，袖子长是 24 英寸，裤子长是 40 英寸。这里要说明的是，因为是睡衣睡裤，衣长、袖长、裤长都比较随意。如果是正装，那衣长、袖长和裤长需要严格按照一定的尺寸进行裁剪，不是吗？

排摆模板的总长度是 26 英寸 + 4 英寸 + 24 英寸 + 40 英寸 = 94 英寸。1 英寸 = 2.54 厘米。94 英寸 × 2.54 = 238.76 厘米。

100 厘米 = 1 米，看看 231.14 里面有几个 100 就有几个米。那么 238.76 / 100 = 2.3876 米。同学们带来的面料是 2.5 米长，所以同学们的布料是够长的。这里顺便说一下，如果使用窄幅的布料，你可能需要买更多米长。为什么？请大家课后自己研究后回答自己就行了，我们这节课还是缝纫课。

下面请同学们用尺来测量模板上标注的直线与布料的"折线"是否平行。如果有不平行的情况，请纠正一下，以确保它的工整性。尽量每人测量一块，大家轮流实践。

同学们开始轮流实践老师布置的任务。

过了一会儿。

一同学说：老师我们都测量好了，现在一切工整。

家燕：好，同学们确定了排版的工整后，请使用大头针把衣板固定在最上面的那块布料上。

同学们轮流使用大头针对衣板进行固定。

家燕：很好，现在请同学们用裁剪刀轮流对每一个模板进行裁剪。噢，对了，模板上都已经留有 1/4 英寸的缝份，你们在裁剪的时候，就不要特意在模板周围留出缝份了。另外，成衣后，上衣的长度，还要去掉 1 英寸的褶边，袖子的长度也会减少 1 英寸，为什么？

一同学：袖子也有 1 英寸的褶边。

家燕：是的。那么裤子在成衣后，总长度会是多长？

另一同学：38 英寸。

家燕：为什么？

该同学：因为上松紧带需要折进去 1 英寸，裤脚褶边需要 1 英寸。

家燕：回答得非常清楚。成衣的尺寸都要在裁剪之前确定，在设计的时候，就要考虑使用什么机器来缝制、褶边是多宽、缝份需要留出多少，等等。这是缝纫课，老师又讲远了。开始裁剪吧！

同学们开始轮流裁剪。

一同学：老师，我们裁剪完毕。

家燕：很好。每位同学，请把你们每人自己的睡衣裁片归置一下，准备缝制。这里需要同学们知道一下上衣的每个缝制线道的缝制依序以及睡裤裤片的缝制线道的缝制依序。请同学们记一下笔记。上衣，用三线锁边机缝合就足够好了。所以上衣需要进行锁边缝合的线道，请大家使用三线锁边缝合。睡裤，为了练习和实践，再说一遍，只是为了练习和实践，裤缝的连合请大家选用五线锁边进行缝合。这里特别需要说一下的是，三线锁边用掉的缝份是 1/4 英寸，而五线锁边用掉的是 1/2 英寸缝份。五线锁边为什么会占用你 1/2 英寸的缝份？

一同学：因为五线锁边比三线锁边多一条加固线道。

家燕：是的。好，让我们来看

——上衣各线道缝制的程序：

第一道程序：我们先用单针将两个正面对正面的领片的左、上、右三边绕一圈缝合起来，缝合后，翻到正面，整理平整，尤其是两个领尖部分，在你翻领尖之前，即还在反面的情况下，在领尖那里，你将侧缝份往里叠一下，你将上沿缝份往下叠，在这样叠好的情况下，把领尖翻到正面，领尖部位会平整。如果还不够平整，可以使用锥子将领尖挑出整好。如果愿意，可以用熨斗压整，然后在正面顺着领边用单针压线，压线留边是 1/4 英寸。这样领子就备好了，放在一边，安装领子的时候就可以用了。

第二道程序：（1）我们先为门襟内贴片内侧毛边和后领口内贴片下沿的毛边用三线锁边。在为后领口内贴片毛边锁边的时候，锁边不包括贴片同领口缝合的那个毛边，即不包括上沿毛边及两端的毛边。为门襟内贴片锁边的时候，不包括需要同门襟缝合的那个毛边及上下端的毛边。（2）将门襟内贴片 2 英寸的上端与后领口内贴片 2 英寸的侧端用锁边机连合。

第三道程序：（1）将门襟的内贴片同门襟正面对正面，从底端起针用单针机缝合。（2）下面的缝制程序也都是在衣服的反面进行。我们用三线锁边机在肩部将上衣的前片和后片连上；（3）将袖子的顶沿和袖笼用三线锁边机连上；（4）从睡衣的侧缝的底边处开始用锁边机将前片和后片连上，然后一直拉过袖笼至衣袖的袖口的顶边处。这样既缝合了上衣的侧缝，又缝合了袖子，是一次性的用锁边机从头至尾拉过去进行缝合，但要确保袖笼处的缝合线必须是对准的，不要有偏差。如愿意，可以在袖笼缝合点那里用大头针做一个固定，锁边缝合到达那一处的时候仔细处理。

第四道程序：

用单针上领子。上衣领，我会为大家做示范。

安装完领子后，把门襟内贴片和后领口内贴片都翻到衣服的里面去，就可以沿着门襟正面的边缘用单针为门襟压线，压边宽度是 1/16 英寸。如果愿意，可以将压线延伸到领子上，再连续压线到另一边的门襟，一次完成。

然后对袖口先锁边再用单针褶边；最后是为整个衣服底边先锁边，再用单针褶边。要注意的是无论是在完成袖口的褶边时，还是在完成衣服底边的褶边时，必须保证卷上来的褶边在衣缝处对准衣缝，不可有偏差。袖口的褶边和上衣底边的褶边都是 1 英寸。

——下面我们讲裤子线道缝制的程序。

你可以使用三线锁边，但为裤子锁边使用五线是我的建议。锁边缝合时，裤子的两片都是正面对正面。

——裤子缝制先用五线锁边机缝合裤子的前后中缝；

——然后用锁边机缝合裤子的两条侧缝；

—— 接着，用锁边机将裤子的内缝从左腿底边处拉到右腿底边处。但要确保在锁边到裤子的中缝时前后中缝连接处是中缝对中缝，不可以有偏差。

再提醒大家一下，五线锁边机因有一道加强线道，所以它占有的缝份是 1/2 英寸。该套睡衣模板预留的缝份是 1/4 英寸。你的一个裤筒有两条缝线，内侧缝线和外侧缝线，每条缝线失去 1/4 英寸，你的一个裤筒就失去半英寸。你的裤筒上方整个臀围会有 4 条缝线，左右外侧缝线各一条，前后中线各一条，每条缝线失去 1/4 英寸，共计失去 1 英寸。所以在缝制的时候，缝份的用量不当，会严重影响到一件衣服的设计尺寸。如果只是练习缝纫，没有关系。如果你自己穿，缝制的时候，你可以不使用五线锁边机。使用五线锁边机进行练习只是我的一个建议。同学们根据自己的实际情况来选择使用三线锁边机还是使用五线锁边机吧。

——最后是裤脚褶边。裤脚褶边的方法同上衣使用的褶边方法一样，先为裤脚边三线锁边，再使用单针为做褶边缝制。裤脚的褶边也是 1 英寸。 另外，上松紧带，我也会为大家做示范。都记下来了吗？

同学们：记下来了。

家燕：这里要强调的是，缝制衣服有很多方法，程序上也会有不同。但一次也只能练习一种缝制方法。今后在缝制衣服的时候，同学们可以按照自己的喜好、自己的方便来缝制，重点是要在你的制品上呈现出最受欢迎的缝制质量。但在衣厂里，缝制的程序和方法往往都有一定的要求。如果你在衣厂工作，你的工作是缝纫，你必须要按作业单的规定进行缝制。今后同学们在逛服装店的时候，可以有意识地看看各类服装的缝制，会有收获的。

另外，排版你也可以不用将布料一折为二，布料也可以铺开为一层。这样的话，凡是有两块模板的，你都得用上。在这种情况下，需要裁剪两次，不是吗？用手裁剪两次，同样的前片，你用手裁剪两次，这两片的尺寸可能会因此出现误差，不是吗？我注意到工厂里的裁剪布料都是平铺，因为工厂的用料都是一卷一卷的，无法进行对半折叠。工厂是用电脑排版，机器裁剪刀裁剪，准确轻松，不怕重复裁剪。当你为自己制作衣服时，布料折成双层比较方便。第一排排入哪块模版，第二排排入哪块模版，第三排排入哪块模版，都可以自己确定。但有些原则问题，你还是需要尽可能地遵守，比如，箭头指的方向是要遵守的，同一个方向裁剪和缝合的好处是面料的反光度一样、色泽一致、缩水率一样。我讲得有点太远了。回到主题：这是缝制课。开始缝制吧。有问题可以随时问我。

一位同学坐在了三线锁边机前，开始缝合上衣；一位同学坐在了五线锁边机前，先缝合裤子。其他同学们在他们身后排队。排队的同时，他们在观看在学习。

家燕看同学们完成得差不多了。

家燕：好，有的同学已经完成了前面阶段的制作，还没有完成前面阶段制作的同学，先请放一放手中的制作，现在我来为大家做两个示范，一个是上领子，一个是上松紧带。

为了节省布料，我这里缝好的裁片只是上衣袖笼以上的部分，不是整衣，还有备好的领子。同学们可以看到，虽然我手上缝合好的部分，只是袖笼以上的部分，但各个部件都很完备，有前片、后片、门襟的内贴片、后领口内贴片，衣缝连合的方法同你们刚才使用的方法是一样的。同学们有没有看到，当门襟的内贴片和后领内贴片用锁边机缝合在一起的时候，功能上它就像是衣服的衬里。我们现在把贴片全都翻过去，让贴片的正面对着衣片的正面，我们把领子的毛边从前衣片的领沿开始顺着整个衣领口的弧度同衣领口的毛边对好，夹在衣片领口的毛边和后领口内贴片毛边的中间用大头针别好，缝份是 1/4 英寸。我们从门襟的最上端的左角起开始缝制，不停顿，缝过领口，一直缝到右边门襟上端的最右角止。缝好后，将领口内贴片和门襟的内贴片都翻回来，整理好，刚才那道上领子的缝线的毛边就被这些贴片联合盖住了。通常我会把内贴片的肩缝处和衣服的肩缝处的锁边的缝份部位车几针做一个固定。我做一下，大家看。

家燕把内贴片的肩缝同衣服的肩缝的锁边部分对齐，用单针车几针固定。

家燕边车边说：重要的是不要车到衣服的内外主体。这几针都车在衣服肩缝的锁边上，从衣服的正面是看不到这几针的，因为这几针就不该显示在衣服的正面。

我这里有商标，如果大家愿意可以使用。那就需要在你为后领口内贴片缝合底下半圆的线道之前，像这样先把商标缝在领口的内贴片上。

家燕边说边上好商标：好，商标上好了。现在将后领口内贴片的下沿同衣服的后片一同缝合起来。即从肩缝的地方开始沿着后领口内贴片的边缘用单针扎一圈，这个线道可以扎在这个内贴片边缘锁边线的靠里边的线道上。像这样。好，安装衣领、商标、领口内贴片、门襟内贴片的示范就到这里。同学们一会自己试试，仔细体会。如果你有更好的方式来缝制你的衣服，就请大胆地使用，无须拘泥于老师的示范方法。

最后，我们上睡裤的松紧带。大家看，不要觉得奇怪，这是我裁剪的裤子，为了节省布料，只有接近裤腰的部位，不是一整条裤子。我现在要用三线锁边机上松紧带。这个松紧带的宽是 1 英寸。我要先用单针把松紧带的两端合上。大家知道我的意思吧。

同学们：知道。

家燕用单针机把松紧带的两端缝在了一起。现在的松紧带是一个圆圈。家燕起身走到三线锁边机前坐下。

家燕：松紧带放在裤腰的内侧，松紧带的上沿和裤腰的上沿对齐，然后在锁边缝合的时候，拉直松紧带，像这样。

家燕用三线锁边机将松紧带的上沿和裤腰的上沿对齐用三线锁边机缝合好了，然后家燕将形成的这 1 英寸宽的裤腰向裤子的内侧褶了过去，这样整个松紧带就被裤子的布料遮盖住了。然后，家燕换到了双针机前的座位上。家燕顺着褶进去的裤腰下沿，用手一边拉直松紧带一边用双针机扎了一圈。完美！裤子有了松紧带的同时也有了裤腰。

家燕：上领子和上松紧带的示范结束了。请大家自己实践。有问题可以问我。

同学们都兴致勃勃地各就各位地去安装各自睡衣的领子和睡裤的松紧带。

楚军长参加唱歌排练

家燕今天在家休息。单阿姨说家里有点急事,她现在就要回去一下。家燕说,她去同老爸说一下。家燕去找老爸,她知道老爸在哪里。

干休一所的老干部们在唱歌排练

词:牛宝源

曲:王永泉

日落西山红霞飞,
战士打靶把营归,把营归。
胸前红花映彩霞,
愉快的歌声满天飞。
Mi suo la mi so
La suo mi dao rui
愉快的歌声满天飞。

歌声飞到北京去,
毛主席听了心欢喜。
夸咱们歌儿唱得好,
夸咱们枪法数第一。
Mi suo la mi so
La suo mi dao rui
夸咱们枪法数第一。
一二三四!

日落西山红霞飞,
战士打靶把营归,把营归。

> 胸前红花映彩霞,
> 愉快的歌声满天飞。
>
> Mi suo la mi so
>
> La suo mi dao rui
>
> 愉快的歌声满天飞。
>
> 歌声飞到北京去,
> 毛主席听了心欢喜。
> 夸咱们歌儿唱得好,
> 夸咱们枪法数第一。
>
> Mi suo la mi so
>
> La suo mi dao rui
>
> 夸咱们枪法数第一。
>
> 一二三四!

家燕在外面听。歌声停了。

楚军长看到家燕在门口等他,一唱完歌就走了过来。

家燕:爸爸,单阿姨说她要请假,家里有点事情要她回去。

爸爸:说什么时候回来吗?

家燕:说事情一办好就回来。

爸爸:知道了,我排练完了才能回去。单阿姨回家一定需要钱,上个月的薪水已经给她了,这个月才刚刚开始,你先给她1000块钱,算是一点心意。爸爸唱完歌回家就还给你。

家燕:爸爸,钱我可以给,但不需要您还的。

爸爸:楚家燕就是楚家燕,有爸爸的风范。爸爸会还给你的。

家燕:不需要的。那我先回去了。

爸爸:好,回家见!

在家燕的工作室

援朝：你不接受我的邀请来我们集团，我理解！那么，你对工作室的未来有计划吗？

家燕：计划？

援朝：确切地说是战略。

家燕：战略？什么是战略？听起来就像是战争和策略。

援朝：战略是部队处在战争中赢得胜利的宏观计划和布局，是方向，是指导。在经济中，商场如战场，在知己知彼的情况下，经营战略也是一个宏观的计划和布局，是方向，是指导。宏观指有深度、有广度、有远景、有愿景。

家燕：战略有目标吗？

援朝：当然。目标是在一个战略的框架内要完成的事情，而战略是为实现目标特别制定的规划和指导。

如果说到一个公司的战略，也许会是这样：首先在质量方面占领制高点，自始自终保持优良的质量，以保证市场的接受度居高不下，同时扩张自己产品的覆盖面，即对市场的占领率。在保证质量的基础上用量取胜以确保价格的竞争力，以此来击垮对手，控制市场，最后达到垄断市场。

家燕：我虽然没有你读的书多，但有一种计算，凡是读过高中的应该都会计算。你看啊，14亿人穿衣服，每人一年买一件衣服，每年就必须制作出14亿件衣服。如果一人一个季度买一件衣服，一年就要买4件衣服，就是14亿×4=56亿件衣服。

如果一个工厂的规模是1000台机器，每人每天做10件×1000＝10000×360天＝3600000件/年（假设无休假）/有1000台缝纫机的厂。5600000000件/3600000＝1555家这样级别的公司来制作。1555/28（23个省+5个自治区）每个省或自治区要有大约55家这样规模的服装厂来参与制作。你不可能拥有1555个这样规模的厂家来垄断市场。换句话说，无论是一个公司还是一家衣厂，或是一个集团，都无法实现垄断服装市场这个目标的。1人1年买4件衣服还是最基本的数字，再加上很多衣厂还要为其他国家的人民制作服装，为国家赚取外汇，所以一家服装厂是无法去垄断市场的。这些是数字问题。就我个人来说，我没有要击败谁、垄断什么的欲望耶，所以我不需要你说的那种战略。一个人的生命是有限的，具体地说一个人所拥有的时间是有限的，一个人所具有的精力也是有限的，在有限的精力和时间里，也只能设定一个可实现的目标。我只是在专心地做我想呈现给市场的服装，并希望大家喜欢我的出品。在除掉各种费用后，能给员工发薪水，能养活自己养活孩子，让孩子有条件接受更好的教育就达到目标了。我的目标很单一，作为一个个体，只能在有限的生命里做有限的事情，不会用有限的生命去做无限的事情。李援朝觉得呢？

援朝：我在听！

家燕：我目前的工作室已备有10台单针，五线锁边和三线锁边机都各增加到了3台，双针机已经增加到5台。已经订购了带绘图打印机的电脑制版排版全套系统。出品是女生的短风衣和长风衣。

援朝：有电脑制版排版太好了！风衣没有中长吗？

家燕：没有。但会有配套的短裙、长裙、白衬衣。款式简洁。看，我请了一个服装设计人员，按我的想法为我画了三幅图。

援朝从家燕手里接过三幅画，画中人有点像家燕。

援朝：画中人是你吗？

家燕：不是我。

援朝：看样子设计师画的是你。我要是设计师，我也画你。

画中的三个"家燕"分别穿着一件海军蓝色的西式长风衣和白色的衬衣，及超短的同风衣颜色的一步裙，脚蹬同风衣颜色一致的及膝高跟靴；一件中式高立领的橄榄绿的长风衣和一件黑色的圆领衫，及一件同风衣色长至膝盖下的一步裙，脚蹬及脚腕的橄榄绿高跟靴；一件有着泡泡圆领的卡其色的短风衣和一件橄榄绿的紧身的圆领衫，及一件长至脚腕处颜色同风衣的鱼尾裙，脚穿一双圆头带鞋襻的黑色平底皮鞋。

援朝：嗯，非常好！

家燕：目前有两位员工，从星期一至星期五的上午 9 点至下午 2 点为我在依照衣模模型做样衣的前期的尺寸确定。而我自己每天，你知道的，在做衣板的初稿，等衣板的初稿都出来了，再按衣板的初稿制作出风衣、衬衣和裙子的初样，初样会告诉我哪里还需要修改和调整，然后决定终板的尺寸和模板的模样。这张设计图上使用的颜色将是温馨工作室出品的颜色，风衣和裙子的每个款都会使用到卡其色、橄榄绿、海军蓝这三种颜色。所以颜色已经确定了，面料待定，衬里布料待定，商标名称待定。

援朝：颜色可以多一些啊。

家燕：颜色单一的好处是，一个颜色的进料量比较大，能够拿到比较好的价格。

援朝：可以扩大生产，如颜色多，买进的面料价格也会好的。

家燕：目前我并不想扩大生产。扩大后，工作量加大，我没有足够的时间和精力，很多事情可能会失控。我在海南的时候有一位朋友叫舒红。有一次我问她如果想深入地做一个生意，最需要注意的是什么？她回答说：一个生意如果有你控制不了的环节，就不要去做。

援朝：在生意中，你不可能每个环节都能控制。

家燕：我想舒红指的是重要的环节，并且明明知道会失控的环节。

援朝：那你认为你扩大生产后哪些方面会失控呢？

家燕：资金和质量。

援朝：我可以保证你需要的资金。

家燕：那哪天我让你生气了，你不保证我的资金了，我该如何？

援朝：我永远都不会生你的气。

家燕：你永远不会生我的气，但我无法保证自己不让你生气。那质量呢？我需要对每一件温馨工作室的出品过目。如扩大后，我就做不到对每件出品的质量亲自过目，这样我的担忧会增加。

援朝：质量控制是有程序的，有质检人员来做的，不需要亲自。

家燕：我和你不同。你们是集团，你是董事长，你当然不需要亲自。但我在创立一个品牌，我自己就是质量检验员，我不需要更大的市场。你们是集团，我只是一个工作室，有着完全不同的机制和目标。未来我只对10多位员工和孩子们负责，我只想肩负起我能肩负起的事情。

援朝：嗯。

家燕：你为什么不说话？

援朝：我原来一直把你当一个小妹妹，我发现你长大了。

家燕：十年不见，当刮目相看哦。

援朝：是的，楚家燕令李援朝刮目相看。不过，如果你的创意和你的出品很受市场欢迎，但数量上跟不上需求会怎样？可能会出现跟风的人、抄袭的人，以填补市场的需求，最终会影响到你的产品的销售。

家燕：服装市场很大，需要由爱好出品服装的人共同负责。我只管好自己，我管不了别人，也不想管别人。别人违规也好，抄袭也好，都是别人的问题，我保证自己没有问题就好。我会确保自己的产品的质量永恒。

援朝：质量永恒是一种理念，也是一种战略。

家燕：理念是什么呀？

援朝：理念是一种想法，带有哲理性的一种想法，有逻辑有高度，是一种有逻辑有高度的想法，这种想法能给个人或公司带来正能量的引导，以助力个人或公司持续地发展壮大。如果没有发展的计划，也会有永恒的可能。理念在先，理念产生想法，想法产生决定，之后就是 action。

家燕：知道了。其实，战略不如实力。

援朝：实力是需要资金的。

家燕：我说的实力不是指钱方面，我说的实力是在有限的资金范围内，呈现给市场特别的产品，这个好是需要用细节来支持的。对我来说，我只是想按照自己的一个较具体的想法一步一步地去做。我知道自己想做什么、会做什么、能做什么，并且自己会承担结果。当然也会根据需要做调整。

援朝：好吧，那就聊聊你具体的想法吧。楚家燕说什么，我都想听。比如，可以谈谈，你为什么选择了卡其、橄榄绿、海军蓝这三个颜色吗？

家燕：卡其色，你也可以说是原色，或本色，或自然色，有大地的芳香；橄榄绿会让人们联想到橄榄枝，一种胸怀，那是和平或平和；海军蓝，让人们联想到大海，一种澎湃、一种激情、一种气势。这三种颜色在我看来，象征着成熟、优雅、稳重。

援朝：那学生穿着这些颜色会不会显得有些太老气了？

家燕：不会！女学生们本来就是花，风华正茂，穿着这些颜色，可以帮助她们有走向成熟、优雅、稳重的感觉。

援朝：我还是建议颜色可以多一些，这叫颜色战略。这样别人如果也用你的颜色，会被认为是模仿。如果别人不用，你就是独家。

家燕：战略就是占有吗？为什么要独家？我可不想像布谷鸟一样，自己出生的那天就是消灭别人的时候。在我个人看来，真正的伟大是在不是独家的情况下，你也有市场。再者，一种颜色就有深有浅，所有的颜色深浅加起来，总计可以达百多种颜色。我并不想覆盖所有，我只想使用我喜欢的颜色，希望有人认同、有人喜欢。对我来说，这些认同和喜欢就是我的市场。李援朝，你可以不要用集团思维来把一个小小的工作室变成集团好吗？

援朝：好吧！时间不早了，你我都要回家了。下次再来听你聊，我希望可以帮到你。我送你回家。

家燕：公交车很方便的。

援朝：让我送你回家，好吗？

家燕：好吧，先说谢谢啦！

援朝：不客气！

援朝家

方菲：这个星期天我请楚家燕和她的孩子们到家里吃饭。

援朝：为什么？你还没有见过她呢。

方菲：她来了，我们不就见面了吗？

援朝：你怎么可以不经过我去联系我的朋友？

方菲：你能喜欢她，我就不能喜欢她吗？我也喜欢她，请她来家里吃饭，有问题吗？

援朝：不是有问题，是她周末有课。

方菲：她在学校读书吗？
援朝：她给学生上课。
方菲：她的事情你怎么知道得那么清楚？
援朝：我们是朋友。
方菲：既然你和她是朋友，当然不会反对我请她来家里吃饭啰。
援朝：我当然不反对，但是她有课。
方菲：我已经约了她了，她说她会安排。
援朝：你喜欢就好。

援朝家　星期日

门铃响了。
援朝：我去开门。
方菲：别介，我来！
方菲开门，见家燕和孩子们，立即说：我是方菲，欢迎光临，请进！
家燕：你好，方菲！
家燕和新宇、津津进入客厅。孩子们习惯性地脱了鞋子，家燕换了双拖鞋。
家燕：新宇、津津，这是方阿姨。
新宇、津津：方阿姨好！
方菲：小朋友们好！桌上有点心和水果，还有饮料，不要客气。那边有一间房间，是我们未来宝宝的玩具室，里面有电视，孩子们如果愿意，可以到里面看动画片。现在放的动画片是《神奇宝贝》。
新宇：我喜欢《神奇宝贝》，我要看。

津津：我也要看。

家燕：可以看，先喊李叔叔好。

新宇、津津：李叔叔好！

援朝：新宇、津津好！

方菲：你的儿子叫——

家燕：儿子叫新宇，女儿叫津津。

方菲：我喜欢他们的名字。援朝同新宇和津津很熟悉哦，可他从来不同我多说什么。家燕喜欢喝什么茶？

家燕：随便吧。

方菲：那就喝普洱茶吧。

家燕：行！都可以。

方菲：援朝，客人来了，你怎么不说话了？

援朝：你不是一直在说吗？我还没有机会说话呢。

方菲：我去做饭，饭做了一半了，很快就好。那援朝，我把说话的机会留给你了，一会儿见！

方菲去了厨房。

援朝：你不是有课吗？

家燕：我另外安排了。虽然以前还没有机会见方菲，单阿姨已经同我聊过你们的故事了。方菲好心好意电话中热情邀请，我就安排了。平时我很忙，孩子们也很少有机会出来。今天他们也很高兴能和我一起出来做客。

援朝：我也很高兴你们今天能来。你服装的商标确定使用什么名字了吗？

家燕：还没有确定，还在考虑。我已经想出了近10个名字了，但还是没有定下来使用哪一个。

援朝：哪10个？可以说出来听听吗？我也可以给点意见。

家燕：在选择商标这个问题上，我不太喜欢听别人的意见。等我确定下来，首先告诉李援朝。

方菲端了一锅汤进来了，说：有什么好消息要先告诉我哦。这是萝卜香菇排骨汤，其他菜马上就都好了。

家燕：我来帮忙好吗？

方菲：不用，不用，你们聊，都已经好了。让孩子们洗手准备吃饭了。

席间。

方菲：这是我最拿手的炖牛肉，里面有胡萝卜和土豆。新宇、津津，吃牛肉。

家燕：他们自己会吃的，不用管他们，他们比我们还会吃，他们知道自己想吃什么，不用管他们。方菲，很高兴你邀请我们来你们家做客，谢谢你和援朝的盛情。

方菲：是我的盛情。李援朝有时就是木头人。

家燕：那就以茶代酒敬女主人。

方菲：好，我比你长，我是姐姐，你是妹妹。我们姐妹干杯！

家燕：干杯！

方菲：援朝，家燕一来，你怎么真成木头人了？

援朝：喝茶没劲，我要喝酒！

援朝从酒柜里拿了一瓶葡萄酒，用开酒器打开了瓶塞，给自己倒了一杯酒：来，我不要求你们女生喝酒，你们喝茶，我喝酒。欢迎家燕、新宇、津津光临！你们的到来让我们家蓬壁生辉。来，小朋友，你们喝饮料，我们一起干杯。

方菲和家燕举起了手中的茶，孩子们举起了手中的饮料，援朝举起了手中的酒，方菲、家燕、新宇、津津都各自喝了一些。援朝干了，然后援朝又给自己倒了一杯。

方菲：你不可以喝多！

援朝：我答应你就喝三杯。

方菲：三杯？李援朝，我可不想看你喝醉的状态。家燕，来吃点茄子夹肉末，这也是我的拿手菜，还有我专门为你们做的红烧海参。

家燕：我自己来。孩子们不太吃海鲜，我也不太吃海鲜。我喜欢你做的清蒸茄子夹肉末，我会多吃。

方菲：你们从海南来不吃海鲜？

家燕：一个很长的故事。

方菲：那说给我听听。

家燕：也没什么，是孩子们的故事。有了孩子，我这个妈妈也会随他们做些调整和改变。等将来你们有孩子了，你们也会的。我还喜欢你做的这个笋丝炒豆干丝，还有韭黄炒鸡蛋。今后有机会你们到我们家来吃饭。平时都是单阿姨做饭，你们来了，我会亲自下厨。

方菲：家燕，谢谢你今天的邀请。来，喝点排骨汤。

家燕：好的，谢谢！我自己来。新宇、津津，喝点排骨汤好吗？

新宇、津津：好。

家燕：来，把碗给妈妈，妈妈为你们盛汤。

方菲：我给他们另外拿碗盛汤吧。

家燕：不用，就用他们吃饭的碗就好了。

方菲：援朝，你怎么又不说话了？

援朝：你们说，我喝酒。

方菲：我光顾着同家燕说话，都没有注意你喝第几杯了。

援朝：第一杯！

方菲：家燕，你有见过这样耍赖皮的人吗？

援朝：那你说我这是第几杯？

方菲：我要是知道，我还问你吗？好了，我不管你了，你不要喝醉就行了。家燕，我还做了甜汤，一会儿要喝一碗哦。

家燕：我已经吃饱了。你一直在照顾我们，你还没有吃什么呢，你快吃点什么吧。

方菲：好的。谢谢！家燕你比我想象的还要美，你们能来，我真的很高兴。

家燕：你也很美！谢谢你的盛情！

长周末　带孩子去北京

援朝已经等在长城的入口处了。新宇和津津看到援朝，喊：李叔叔好！

援朝：新宇、津津好！

家燕低声说：你疯了吗？

援朝：我昨天打电话到你的工作室，没有人接。我打电话到你家，单阿姨接的电话，单阿姨说你们去长城玩了。放下电话，我就赶过来了，昨天到了，就在这里一直等，等到下午我都没见到你们。所以今天又来试试运气。

家燕：你让我无语。

援朝：你们怎么来的？

家燕：坐火车呀。孩子们没有坐过火车，在书上看过，所以出来体验一下。

援朝：那怎么回去呢？

家燕：还是坐火车。

援朝：我带你们回去。

家燕：我们要玩好几天呢。

援朝：我可以等！

家燕：我还能说什么呢？那就一起爬长城吧。

援朝、家燕、新宇、津津一起开始登长城。刚过第一个烽火台，家燕有些气喘吁吁的，对孩子们说：你们同李叔叔一起上去吧！妈妈在这里等你们。

援朝说：我和你一起在这里等，好吗？

家燕：好吧！

然后对新宇和津津说：你们自己上去吧。不要走太远，我和李叔叔在这里等你们。

新宇、津津：好的！

援朝：上次在"山郭"吃饭，我问过你，还记得那年的春节团拜吗？你没有回答我，我现在还想问，还记得吗？

家燕：不记得了。

援朝：不记得了？那将近 10 年后在你们家客厅里，你还能认出我是李二哥？是不记得了，还是不想记得？但我还记得。虽然我们小时侯见过，但我还想用一见钟情这四个字来形容我在那天的新春团拜上对你的感觉。回到唐山，就同老爸老妈说我要娶你，家里没有一个人不同意。

家燕：我们都老了。你还有家，我们只谈工作，只谈合作。

援朝：我准备离婚，我会同我太太谈的。

家燕：为什么要把我放到这个罪人的位置上？我也是女生，方菲的心情我能感同身受。

援朝：我同方菲说过了，你比她先到。虽然那时我没能娶到你，但我爱过你。暗恋也好，明恋也好，反正我是爱恋过你。你选择了晓潮，嫁给了他，因为我爱你，我默默地祝福你，没有打扰你。可我现在看到了可能，看到了未来。

家燕：我们没有可能，没有未来。晓潮在我的心里，我只想同查家的孩子们在一起，不想再做其他的安排，让我们保持现状吧。如果能有机会合作当然好，如果因很多因素，我们不能合作，那就让我们面对现实吧。

援朝和家燕正"争论不休"时，新宇和津津从上面下来了。他们好像没有走多远。

津津：妈妈，哥哥刚才在上面吐了。

家燕：吐了？新宇你吐了？怎么了孩子？

家燕摸了摸新宇的额头：哎呀，儿子，你别吓唬妈妈呀。

援朝：怎么了？

家燕：新宇发烧了。昨天来的时候还好好的，今天吃早饭的时候，看他有点不对劲，我问他不舒服吗？可能是为了爬长城，新宇说没有不舒服。现在怎么办呀？我们要赶回天津。

援朝：先在北京看个急诊吧。

援朝开车带他们去了空军医院。

在空军医院

护士按医嘱给新宇输液。新宇好些了，但还没有完全退烧。家燕带孩子们要提前赶回天津了，援朝说：坐我的车吧，我带你们回家。

援朝他们的车离开空军医院后向天津奔驰。津津坐在了副驾驶的座位上。家燕做在后座位上，搂着新宇。

到了天津，车直接开进了 254 医院。就在车开进 254 的那一刻，家燕打了一个哆嗦。

在门诊部

家燕给家卉打了电话。

刘医生：化验结果出来了，没有问题，估计是感冒了，加上在长城上吹到风了。我给查新宇开点清热解毒药，回家休息一下就好了。

家燕：好的，谢谢刘医生。

家燕话音刚落，身着白大褂的家卉进来了：怎么样？大宝宝好一些了吗？

刘医生：楚医生，你认识他们？

家卉：我们长得不像吗？

刘医生：姐妹？难怪觉得查新宇的妈妈有点像谁，原来是像楚家卉！没有问题，新宇只是感冒。我给新宇开了点药，休息几天就好了。

家卉：谢谢刘医生！

刘医生：不用客气！

家卉：津津怎么样啊？

津津：我很好。谢谢姨妈！

家卉：不用谢，孩子！好了，家燕，那就带孩子们回家休息吧。

家卉一转身看到李援朝了，说：欸，李援朝，你怎么在这里？

援朝：正巧也来看病。

家卉：你怎么了？生什么病了？

援朝：相思病。

家卉：相思病？那无药可治。好了，家燕，你们先回家吧。我晚上会过来看新宇。

从医院回到家

回到家，单阿姨说楚军长在朋友家打桥牌，一天都不在家吃饭。现在是下午3点半，单阿姨为援朝、家燕、津津都煮了一碗面。新宇不想吃饭，喝了一袋感冒冲剂，先回自己的卧室睡觉去了。家燕十分感谢援朝的帮助，向援朝说了许多谢谢。送走援朝后，家燕来到新宇的卧室，坐在沙发上望着熟睡的儿子，又想起了很多，尤其是254医院：上次是自己发烧，儿子的爸爸把自己送去了254医院。今天是儿子发烧，也去了254医院，可儿子的爸爸已经不在身边了。儿子和女儿也一定很想爸爸吧，尤其是生病的时候。孩子真的很懂事，就连生病也不吵不闹。平时孩子们学习都很用功，为了爬长城，新宇居然能在不舒服的情况下强打精神。唉，真让妈妈心疼。

想着想着，家燕情不自禁地说：晓潮，放心吧！孩子们都好。

有人轻轻敲门。

家燕：进来！

是津津。

津津：妈妈，哥哥好一些了吗？

妈妈：哥哥只是感冒，多睡一会，多休息几天就好了。你也回自己卧室去睡一会吧，上午爬长城也累了吧？

津津：不累！

津津坐在了妈妈的身旁。津津好像有心事一样。

家燕：津津，在想什么呢？

津津：我在想爸爸。

家燕把津津搂在了怀里，说：好孩子，妈妈知道你想爸爸，爸爸也知道。好了，去休息吧。晚上想吃什么？

津津：哥哥不想吃饭，我晚上也不想吃饭了。

家燕：好吧，不想吃就不吃。那就回房间去休息吧。

津津：我想和妈妈、哥哥在一起。

家燕：那你就在沙发上睡吧，把头放在妈妈的腿上。

津津：好吧！

家燕：等等，妈妈马上回来。

家燕走出新宇的卧室，同单阿姨说不要为她和孩子们准备晚餐了，他们都不想吃，会早点睡觉。单阿姨担心地问：你们都没事吧？

家燕回答说：谢谢单阿姨！都很好，不要担心，明天见！

单阿姨：明天见！

家燕回到新宇的房间，坐在了沙发上，津津头靠在妈妈的腿上躺下。妈妈将沙发上的一个小毯子给津津盖上，很快津津就睡着了。家燕也累了，看着两个孩子睡觉，自己也歪在沙发上不知不觉睡着了。

也不知睡了多久，家燕听到有人敲门。

家燕：请进！

家卉进入，轻声问：新宇睡了？

家燕：回来吃完药就睡了。

家卉把手放在了新宇的额头上，然后说：不烧了，好了，没事了。把张医生开的冲剂给新宇连喝三天，一天三次，一次一袋，孩子恢复得快，不要担心。正好这几天长周末，孩子也休息，你也休息。津津也累了吧？

家燕：我想是的。我让她回自己房间睡，她要和我们在一起，所以就让她在沙发上睡了。晚上还要叫醒新宇，让他吃药，所以，今晚我们仨就都睡在这里了。现在几点了？

家卉：7点了。你们都还没有吃晚饭吧？

家燕：孩子们不想吃，我也不想吃。

家卉：好了，瞧你担心的模样。孩子成长过程会有感冒啊发烧啊，都很正常，不要担心，好吗？那，我先回去了。新宇吃完药，你也回自己房间睡，好好休息。

家燕：好的。

家卉：有事给我电话。

家燕：好的。晚安！

家卉：晚安！

援朝在办公室给家燕打电话，询问商标事宜

家燕正在她的工作室忙着制作衣板。援朝打来电话关心询问。

援朝：商标确定了吗？

家燕：关于商标，想了很多名字，有诗歌里的，有大自然里面的各种花卉，最后还是决定使用木槿花。

援朝：为什么不叫牡丹花呢？

家燕：牡丹象征富贵，我希望我的服装可以平民一些。我喜欢木槿花，木槿花漂亮且低调。

援朝：漂亮、低调，这很像楚家燕呀。

家燕：谢谢！

援朝：只要是楚家燕喜欢的就是好的。

家燕：谢谢！

援朝：那登记了吗？

家燕：还没有。

援朝：既然选定了名称，就抓紧登记。噢，对了，如果已经有人登记过这个名字，那你可能就要重新选定了。我请秘书帮你确定一下。

家燕：还这么复杂呀？

援朝：等消息吧！

家燕：好的。谢谢！

在工作室同顾问谈面料和衬里

家燕：您可以谈谈涤纶面料的优势吗？

顾问：涤纶面料有着极良的定形性能，洗涤后不会变形，弹性也好，也非常耐磨。

家燕：知道了。我在商店里转了一圈，发现凡是化纤面料做的衣服都是使用尼龙布做衬里。为什么呢？为什么不用全棉的布料做衬里呢？全棉的做衬里不是更舒服一些吗？

顾问：涤纶面料不缩水，全棉的一般都会缩水，所以这两者之间很难配合。再加上涤纶耐磨而棉布料的耐磨性较低，很快穿的人会发现风衣从外面看还好好的，但衬里可能已经破了。还有，全棉的容易褪色。

家燕：知道了。那面料可以不使用涤纶吗？比如说面料也用棉的？

顾问：如果你喜欢棉的面料，我建议你使用一种较高密度的水洗棉。

家燕：这种水洗棉的优势在哪里？

顾问：水洗棉是以棉布为主的原料，经过特别处理后使织物表面色调、光泽更加柔和，手感更加柔软，并在轻微的皱度中体现出几分旧料之感。洗后不褪色，也不易变形，有免熨烫的优点。

家燕：如果"木槿花"使用您说的这种水洗棉做面料，那是否可以说我也可以使用同样的水洗棉做衬里？

顾问：傻孩子，通常衬里就是衬里，衬里在里面，选用次一点的布料会节省成本。

家燕：您说的水洗棉是全棉吗？

顾问：不是。我刚才已经说了，是以棉为主，含棉在75%以上。

家燕：如果我使用同颜色同质量的面料当衬里会怎么样呢？

顾问：问题是没有必要。你可以像市场一样使用低成本的尼龙布料做衬里，这样可以节省成本，增加出品在价格上的竞争力。

家燕：我考虑的是，首先，水洗棉比尼龙布穿在身上舒服，其次是当卷起袖子的时候，里外都一样的好看，被风吹起的时候，里外一样的布料，一样的颜色，或不同的颜色，也同样的好看。面料和衬里一样的美丽。

顾问：你这是说风衣吧？如果你真想用水洗棉做衬里，可以选择用轻薄一些的。

家燕：好的，等我看到了布样，我会做个决定。

顾问：那裙子呢？

家燕：裙子的衬里我还没有想好。可以给点意见吗？

顾问：裙子衬里你可以考虑使用普通的75%的棉和25%的涤棉混纺。这个混纺比尼龙布料吸汗，腿感会舒服得多。

家燕：好的，我会考虑。

顾问：你可以先按照自己的想法出一些样板。看到实际的样板后，也许能帮助你做决定。

家燕：好的，我会请几个厂家给我寄水洗布的样板，并报规格和价格。

顾问：很好！另外，我想说的是，水洗棉面料做的衣服比较休闲，如果将来你愿意为职场白领做同样的款式，可选用正装的面料，抬高出品价位，可能会有意想不到的收获。加油吧！我非常看好"木槿花"。

家燕：谢谢您的肯定！谢谢您的建议，我会考虑。对了，可以推荐白色衬衣的用料吗？

顾问：做白色衬衣，最好的布料，在我看来是全棉漂白无弹府绸，或全棉漂白水洗微皱弹力府绸。

家燕：知道了。谢谢上官顾问！我会找厂家请他们提供样品。

顾问：我喜欢你设想的"木槿花"的商标图案，尤其是这朵粉红色的木槿花。除了定制商标外，别忘了确定成分标、尺码标及水洗指导标签。我们穿的衣服上都有，不过，我还是带来了几个样品，供你参考。这三部分都是列在同一个标签上。

家燕：好的，我会看一下您给我的这几个样板。等收到面料的样板，选好了面料制成样衣，确定最终使用的面料后，我会按厂家提供的布料内含的材料成分及厂家提供的水洗建议写出水洗指导，再去订做这一综合性的标签。谢谢上官顾问的细心指导！

顾问：不用客气！有问题，随时问我。

家燕：好的，谢谢！

李援朝送给楚家燕的开业贺礼

家燕现在已经有 12 名员工了，员工们在忙着做初样，家燕在忙着计算每一件衣服的成本。援朝从办公室给家燕打来电话。

援朝：上次在你的工作室，看到了"木槿花"的大部分初样，你不会觉得款式太简约了一些吗？

家燕：如果服装上的装饰太多，会显得纷杂。纷杂不是问题，但我不喜欢纷杂。服装简约可以突出穿服装的人，而不是服装。不过，还想说明的是，你看到的只是初样，正式的"木槿花"出品，虽然简约，但绝对不缺少细节。 就我个人来看，服装是不是给力，是否能增加穿衣人的气质，以及是否能帮助表现出穿衣人静态的美和动态的美，是"木槿花"的重点和责任。

援朝：听起来让人很期待，至少让我很期待。作为朋友，送你的开业礼物是一场服装秀，为你做一次宣传。

家燕：费用会不会太高了？

援朝：无论高还是不高，是我送给你的礼物，希望不要拒绝。

家燕：好吧。先说谢谢啦！

援朝：不用客气！

在李援朝会所的一楼的大会议厅内 下午 3 点整

"木槿花"品牌时装初次登台。

在会议厅明亮的灯光暗下来的同时，T 台上的灯光显得格外柔和。T 台每边各有两排椅子，来宾大约是八十多人，都已经入座，每

人手中都有一张印有一朵粉红色的木槿花的卡片,上面写着:

"木槿花"风衣和裙子的面料是水洗棉面料。

面料之色调和光泽柔和,分别为:卡其色、橄榄绿、海军蓝。面料柔软但不失挺括,风格独特。

风衣衬里布料是与面料同色但较轻质的水洗棉,裙子之衬里是与裙子面料同色的75%和25%的棉涤混纺。

白色衬衣为100%棉的漂白无弹府绸。

荷叶领白衬衣为100%棉的漂白水洗微皱弹力府绸。

援朝他们的私人会所原本是不对外开放的,这次为了家燕,援朝算是破例了。来宾有政界的、有商界的、有自己公司的。商界的有来自北京、天津、上海、广州、深圳、香港、石家庄、大连还有唐山市的服装业的人士。援朝从来不会忘记唐山。大家正在聊天、等待和期待的时候,第一秒的音乐声音之大,让所有来宾的注意力集中到T台的顶端,T台的主墙幕上先是由幻灯送上了一朵盛开的粉红色的木槿花,在粉红色的木槿花上幻灯呈现出美丽的中国书法"木槿花"三个字。

在《自然无限》的音乐声中。

第一组:漂亮的模特出场。她们的发型统一为那种皮筋在缠绕最后一圈时只掏出一半来的侧马尾型。

第一位模特,身着合身的白色衬衣和卡其色后开衩的正装般的一步短裙,脚蹬与裙子同色的高跟凉鞋。

第二位模特,身着合身的白色衬衣和卡其色后开衩的正装般的一步长裙,脚蹬与裙子同色的高跟凉鞋。

第三位模特,身着合身的白色衬衣和卡其色鱼尾长裙,脚蹬与裙子同色的高跟凉鞋。

第四位模特，身着合身的白色衬衣和橄榄绿后开衩的正装般的一步短裙，脚蹬与裙子同色的高跟凉鞋。

第五位模特，身着合身的白色衬衣和橄榄绿后开衩的正装般的一步长裙，脚蹬与裙子同色的高跟凉鞋。

第六位模特，身着合身的白色衬衣和橄榄绿鱼尾长裙，脚蹬与裙子同色的高跟凉鞋。

第七位模特，身着合身的白色衬衣和海军蓝后开衩的正装般的一步短裙，脚蹬与裙子同色的高跟凉鞋。

第八位模特，身着合身的白色衬衣和海军蓝后开衩的正装般的一步长裙，脚蹬与裙子同色的高跟凉鞋。

第九位模特，身着合身的白色衬衣和海军蓝鱼尾长裙，脚蹬与裙子同色的高跟凉鞋。

第二组：同样的模特、同样的发型、同样的服装、同样的高跟凉鞋，背景音乐是 *Fashion*——秋天的枫叶。

不同的是都披上了风衣。

第一位模特，身着合身的白色衬衣和卡其色后开衩的正装般的一步短裙，身披卡其色的西式领长风衣。

第二位模特，身着合身的白色衬衣和卡其色后开衩的正装般的一步长裙，身披卡其色的西式领长风衣。

第三位模特，身着合身的白色衬衣和卡其色鱼尾长裙，身披卡其色的西式领长风衣。

第四位模特，身着合身的白色衬衣和橄榄绿后开衩的正装般的一步短裙，身披橄榄绿的西式领长风衣。

第五位模特，身着合身的白色衬衣和橄榄绿后开衩的正装般的一步长裙，身披橄榄绿的西式领长风衣。

第六位模特，身着合身的白色衬衣和橄榄绿鱼尾长裙，身披橄榄绿的西式领长风衣。

第七位模特，身着合身的白色衬衣和海军蓝后开衩的正装般的一步短裙，身披海军蓝的西式领长风衣。

第八位模特，身着合身的白色衬衣和海军蓝后开衩的正装般的一步长裙，身披海军蓝的西式领长风衣。

第九位模特，身着合身的白色衬衣和海军蓝鱼尾长裙，身披海军蓝的西式领长风衣。

第三组：还是同样的模特，但这次出场的发型是有两条辫子垂在肩前，脚蹬高跟靴，背景音乐是 *Fashion*——夏日。

第一位模特，身着荷叶边深 V 形领的白色衬衣，配有卡其色后开衩的正装般的一步短裙，脚蹬与裙子同色的及膝高跟靴。

第二位模特，身着荷叶边深 V 形领的白色衬衣，配有卡其色后开衩的正装般的一步长裙，脚蹬与裙子同色的及脚腕的高跟靴。

第三位模特，身着荷叶边深 V 形领的白色衬衣，配有卡其色鱼尾长裙，脚蹬与裙子同色的及脚腕的高跟靴。

第四位模特，身着荷叶边深 V 形领的白色衬衣，配有橄榄绿后开衩的正装般的一步短裙，脚蹬与裙子同色的及膝的高跟靴。

第五位模特，身着荷叶边深 V 形领的白色衬衣，配有橄榄绿后开衩的正装般的一步长裙，脚蹬与裙子同色的及脚腕的高跟靴。

第六位模特，身着荷叶边深 V 形领的白色衬衣，配有橄榄绿鱼尾长裙，脚蹬与裙子同色的及脚腕的高跟靴。

第七位模特，身着荷叶边深 V 形领的白色衬衣，配有海军蓝后开衩的正装般的一步短裙，脚蹬与裙子同色的及膝高跟靴。

第八位模特，身着荷叶边深 V 形领的白色衬衣，配有海军蓝后开衩的正装般的一步长裙，脚蹬与裙子同色的及脚腕的高跟靴。

第九位模特，身着荷叶边深 V 形领的白色衬衣，配有海军蓝鱼尾长裙，脚蹬与裙子同色的及脚腕的高跟靴。

第四组：还是同样的模特，发型同第三组，不同的是她们的荷叶领衬衣换成了圆领紧身衣，外披另一款风衣，脚蹬同样的高跟靴，背景音乐是 *What I Wanted*。

第一位模特，身着卡其色的紧身的针织的圆领衫，配有卡其色后开衩的正装般的一步短裙，身披卡其色的唐装高立领长风衣。

第二位模特，身着卡其色的紧身的针织的圆领衫，配有卡其色后开衩的正装般的一步长裙，身披卡其色的唐装高立领长风衣。

第三位模特，身着卡其色的紧身的针织的圆领衫，配有卡其色鱼尾长裙，身披卡其色的唐装高立领长风衣。

第四位模特，身着橄榄绿的紧身的针织的圆领衫，配有橄榄绿后开衩的正装般的一步短裙，身披橄榄绿的唐装高立领长风衣。

第五位模特，身着橄榄绿的紧身的针织的圆领衫，配有橄榄绿后开衩的正装般的一步长裙，身披橄榄绿的唐装高立领长风衣。

第六位模特，身着橄榄绿的紧身的针织的圆领衫，配有橄榄绿鱼尾长裙，身披橄榄绿的唐装高立领长风衣。

第七位模特，身着海军蓝的紧身的针织的圆领衫，配有海军蓝后开衩的正装般的一步短裙，身披海军蓝的唐装高立领长风衣。

第八位模特，身着海军蓝的紧身的针织的圆领衫，配有海军蓝后开衩的正装般的一步长裙，身披海军蓝的唐装高立领长风衣。

第九位模特，身着海军蓝的紧身的针织的圆领衫，配有海军蓝鱼尾长裙，身披海军蓝的唐装高立领长风衣。

第五组：还是同样的模特，有保留侧马尾的发型，有保留辫子的，有梳丸子头的，有直发垂肩的。

不同的是上身都换上了黑色的圆领紧身衣，身穿泡泡圆领短风衣，而裙子同前，脚上都换上了黑色的圆头的老式鞋襻的平底皮鞋。

背景音乐是 *Dancing Like Nobody's Watching*。

第一位模特，身着黑色紧身针织的圆领衫，配有卡其色后开衩的正装般的一步短裙，但穿有卡其色的泡泡圆领短风衣，脚上穿的是黑色的圆头的老式鞋襻的平底皮鞋。

第二位模特，身着黑色紧身针织的圆领衫，配有卡其色后开衩的正装般的一步长裙，但穿有卡其色的泡泡圆领短风衣，脚上穿的是黑色的圆头的老式鞋襻的平底皮鞋。

第三位模特，身着黑色紧身针织的圆领衫，配有卡其色鱼尾长裙，但穿有卡其色的泡泡圆领短风衣，脚上穿的是黑色的圆头的老式鞋襻的平底皮鞋。

第四位模特，身着黑色紧身针织的圆领衫，配有橄榄绿后开衩的正装般的一步短裙，但穿有橄榄绿的泡泡圆领短风衣，脚上穿的是黑色的圆头的老式鞋襻的平底皮鞋。

第五位模特，身着黑色紧身针织的圆领衫，配有橄榄绿后开衩的正装般的一步长裙，但穿有橄榄绿的泡泡圆领短风衣，脚上穿的是黑色的圆头的老式鞋襻的平底皮鞋。

第六位模特，身着黑色紧身针织的圆领衫，配有橄榄绿鱼尾长裙，但穿有与橄榄绿的泡泡圆领短风衣，脚上穿的是黑色的圆头的老式鞋襻的平底皮鞋。

第七位模特，身着黑色紧身针织的圆领衫，配有海军蓝后开衩的正装般的一步短裙，但穿有海军蓝的泡泡圆领短风衣，脚上穿的是黑色的圆头的老式鞋襻的平底皮鞋。

　　第八位模特,身着黑色紧身针织的圆领衫,配有海军蓝后开衩的正装般的一步长裙,但穿有海军蓝的泡泡圆领短风衣,脚上穿的是黑色的圆头的老式鞋襻的平底皮鞋。

　　第九位模特,身着黑色紧身针织的圆领衫,配有海军蓝鱼尾长裙,但穿有海军蓝的泡泡圆领短风衣,脚上穿的是黑色的圆头的老式鞋襻的平底皮鞋。

　　最后一组出场的模特的发型还是统一为那种皮筋在缠绕最后一圈时只掏出一半来的侧马尾型,看似随意但是精心梳成的。

　　还是白色衬衣,不同的是风衣和裙子的面料都换成了 92% polyester/8% elastane 面料,衬里全部都是浅灰色的涤纶 chiffon。

　　背景音乐是 *Fashion*——不盲目的走。

　　第一位模特,身着合身的白色衬衣和卡其色后开衩的正装一步短裙,身披卡其色西式领长风衣,脚穿黑色正装细高跟单皮鞋。

　　第二位模特,身着合身的白色衬衣和卡其色后开衩的正装一步短裙,身披卡其色西式领长风衣,脚穿黑色正装细高跟单皮鞋。

　　第三位模特,身着合身的白色衬衣和卡其色正装鱼尾长裙,身披卡其色西式领长风衣,脚上穿的是黑色正装细高跟单皮鞋。

　　第四位模特,身着合身的白色衬衣和橄榄绿后开衩的正装一步短裙,身披橄榄绿西式领长风衣,脚穿黑色正装细高跟单皮鞋。

　　第五位模特,身着合身的白色衬衣和橄榄绿后开衩的正装一步短裙,身披橄榄绿西式领长风衣,脚穿黑色正装细高跟单皮鞋。

　　第六位模特,身着合身的白色衬衣和橄榄绿正装鱼尾长裙,身披橄榄绿西式领长风衣,脚上穿的是黑色正装细高跟单皮鞋。

　　第七位模特,身着合身的白色衬衣和海军蓝后开衩的正装一步短裙，身披海军蓝西式领长风衣，脚穿黑色正装细高跟单皮鞋。

第八位模特，身着合身的白色衬衣和海军蓝后开衩的正装一步短裙，身披海军蓝西式领长风衣，脚穿黑色正装细高跟单皮鞋。

第九位模特，身着合身的白色衬衣和海军蓝正装鱼尾长裙，身披海军蓝西式领长风衣，脚上穿的是黑色正装细高跟单皮鞋。

来宾的卡片上并没有介绍"木槿花"使用的这款面料，算是给来宾的一个惊喜。

"木槿花"单一的颜色、简洁的款式，显然是"木槿花"出品人楚家燕的坚持。

"木槿花"45分钟的首次亮相，给所有的来宾留下了深刻的印象。他们记住了这单一的颜色、简约的款式和"木槿花"展现的成熟、优雅、稳重的风格。第五组出场的模特，除了衣饰透出的那份清纯，还同时展示出一份活泼，也额外地留下了重重的印象。

援朝原计划在墙幕的幻灯上会打出：出品人：楚家燕。还有，援朝本来还想安排楚家燕在活动结束的时候上台接受大家的致意，但家燕没有接受这样的安排。她希望大家的注意力在"木槿花"上，而不是聚焦楚家燕。今天服装秀结束时，观众送给"木槿花"的热烈的掌声，让家燕觉得前期的付出和劳累都是值得的。

家燕工作室的业务进展顺利，从各地销售点反馈的意见都是好评

时间过得好快。

方菲到家燕的工作室拜访

方菲：家燕！

家燕：方菲？你好像是稀客耶，有事吗？

方菲：我好痛。

家燕：怎么了？

方菲：援朝问我如果有一天他提出离婚，我会考虑吗？

家燕：为什么？

方菲：你爱援朝吗？

家燕：我爱的是 Xiao Chao。

方菲：援朝的小名就是 Xiao Chao。

家燕：我爱的 Xiao Chao，Chao 是海潮的潮。

方菲不说话了。

家燕：援朝娶你是因为他爱你，所以他选择了你。珍惜缘分吧！我会考虑离开天津。

同老同学去餐馆吃饭舞剑

家燕心情不好，邀丽芬出去吃饭。

在出租车上。

家燕：我请你去"凯悦"吃饭好吗？到现在我对天津吃饭的地方还不太熟悉，只知道"凯悦"。

丽芬：我们去另外一家好吗？

家燕：你喜欢就好。

丽芬：每当我心情不好时，我也会找女哥们儿一起去那家餐厅吃饭。在那里，今天无论我做什么，你都不许笑。

家燕：这倒让我现在就想笑了。

丽芬：瞧，我的良药挺管用的。

家燕：好了，先说说什么嘛！

丽芬：你还记得，上中学的时候，你把你哥哥借来的《三国演义》偷来借给我看，我们俩都喜欢的一段中的一句话，还记得是什么吗？

家燕：让我想想，还记得。是："舞剑必须有对，某愿与魏将军同舞。"

丽芬：家燕不愧是我们班的高材生。你知道吗？天津有一家餐厅，给吃货们提供了一个搞笑的节目，去了你就知道了。

家燕：与我们记得的那句话有关系吗？

丽芬：有！你记得的那句话，就是那个搞笑节目的台词，到了你就知道了。我说了不许笑哦。

家燕：不笑就不笑。

丽芬：说话算数哦！

家燕：当然！

出租车停在了丽芬说的那家餐馆。家燕付了车费，同丽芬一起下了车。

在那家餐馆

她们的菜上来了。

突然一阵急促的战鼓声后，餐馆的舞台上灯光闪耀，来宾的注意力全都集中到了舞台上。

只见舞台的左边有两位古人,一位的胸牌上写有"玄德",一位的胸牌上写有"刘璋"。他们同坐在一张小圆桌两边,彼此细叙衷曲,情好甚密,酒至半酣,旁边站着的"魏延将军"拔剑进曰:"宴席间无以为乐,愿舞剑为戏。"魏将军说完,一服务生喊了一声"7号来宾"。丽芬一个箭步跳上了舞台,从舞台上备好的一个剑鞘里抽出一把闪亮的剑,曰:"舞剑必须有对,某愿与魏将军同舞。"说完,丽芬背对观众与面对观众的魏将军在舞台中央将剑交叉架了起来。那个服务生又喊3号来宾。只见三号桌上走出一个男生跳上舞台,不知从哪里也抽出一把剑,双手将剑举在身前,曰:"某愿为二位助舞。"台下的几位服务生一起跳上了舞台,也各自从身上拔出一把剑,曰:"我等当群舞以助一笑。"话音刚落,电影《黄飞鸿》的主题曲《男儿当自强》响起。台上的人开始随着《男儿当自强》的歌曲跳起了广场舞,舞者中包括穿着古装的"玄德"和"刘璋"。台上的众人群魔乱舞!舞者都有意跟音乐对不上,各自为阵。

台下笑声掌声一片。

那十分混乱的局面以及丽芬的搞怪舞剑让家燕禁不住"扑哧"笑了出来。虽然家燕没有像其他来宾那样哈哈大笑,但丽芬还是看到了家燕没有忍住的笑容。家燕不知天津居然有这样搞笑的餐厅,她想忍住不笑,但还是没有忍住。

她一笑,丽芬将那把闪亮的剑放回了剑鞘,提前跑了下来,说:你不是说当然不笑吗?

家燕:好了,就你忒搞笑。今天算你赢了,饭都要凉了,别闹了,吃饭吧。

丽芬:下回我们带孩子们一起来闹吧。

家燕:好了,服了你了! 欸,台上刀光剑影,你不怕伤到别人,也不怕自己被刺伤吗?我虽然被你逗笑,但还是为台上的每一个人担心耶。

丽芬:你的担心是多余的。我听说这些剑都是利用废纸箱上的纸板做的,但涂上了什么,我不记得了,上次来有人告诉过我,我现在忘记了,涂上那种东西,剑就会贼亮贼亮的。好了,不用瞎担心了,我不是好好的吗?

家燕:挺有趣的娱乐,从"三国"到"黄飞鸿"毫无逻辑,没有联系,群魔乱舞,尤其是你,娱人娱己。真服了这个节目的编导和你们这些敢于上台参与的"三国"人。

丽芬:重要的是逗乐了楚家燕。

家燕:我可能又要离开天津了。

丽芬:为什么呀?你不是刚回来吗?

家燕:会有机会详细聊的。总之,我非常羡慕你这位美丽的天津钉子户。

一个星期一的下午,家燕请援朝吃饭

家燕给援朝打电话

家燕:援朝,晚上有空吗?

援朝:当然有!

家燕:一起吃个晚饭吧。

援朝:好的。下班后,我来接你。

车　上

援朝：想去哪家吃？
家燕：我们去"凯悦"吧。
援朝：好哇！
家燕：说好，是我请客。
援朝：你这样说话，让我有点紧张，好像要谈什么事情。
家燕：当然是谈事情。
援朝：哎，你别吓唬我哦。

在凯悦大酒店

一个服务生领他们进了一个包间。援朝和家燕入座，服务生替他们倒了茶水。

援朝：可以先说吗？否则，我恐怕茶不思饭不想进。

家燕：晓潮有个姑姑在洛杉矶，希望我们去她那里，她喜欢晓潮，她没有孩子，她希望我们去同她一起生活。我决定接受她的邀请。

援朝：这也太突然了吧。为什么？你刚刚回到天津，你刚刚建立了温馨工作室，刚刚创立了《木槿花》，一切都在有序地良好地发展。作为你的朋友，能亲眼看到自己喜欢的人工作努力、天天向上，真的觉得很充实。我坚信我们未来可以走到一起。可你为什么又要离开天津？这个消息太突然了。为什么？

家燕：为什么离开天津？我刚才已经说了呀。

援朝：已经决定了吗？如果李援朝挽留楚家燕呢？

家燕：我已经决定了。我会卖掉工作室。如没有人买，我也只好关掉。

援朝：那我会买下你的工作室。

家燕：我们之间只做朋友不做生意，我希望能找到一个合适的买家。

援朝：这不公平。一，我们既可以做朋友，也可以做生意，两全其美。二，无论你卖给谁，我们集团都会买过来，为什么要让别人赚我们集团的钱？我们公司收购"木槿花"后，你将是"木槿花"这个品牌的终生顾问。可以告诉我你的出价吗？

家燕：200万。因为你比较了解我的工作室，几乎是全程参与了温馨工作室的创立，我就不多介绍了。

援朝拿起桌上的餐巾，捂住了眼睛。

家燕：哎，你干嘛呀？

援朝拿开餐巾说：今晚你给我的消息让我很难过。

家燕：这就是人生吧！有的时候不能不难过。

援朝：告诉我为什么这么坚定地要离开天津？是因为我不好吗？

家燕：很荣幸在我的一生中有你这样一位好朋友。好了，以茶代酒，我敬你！

援朝：这怎么像永别呀？

家燕：你比我长还是比我幼啊？

援朝：长又怎么样？幼又怎么样？还不是要默默承受。

家燕：那你到底比我长还是比我幼啊？

援朝：我是你李二哥。

家燕：那就一起干杯吧！

家燕和援朝一起举杯，也都只喝了一点点，就都放下了手中的茶杯。服务生敲门，援朝：进来！

服务生：可以点菜了吗？

家燕：可以，谢谢！李二哥，点你爱吃的吧。

援朝：你点吧。你吃什么，我就吃什么！

家燕：好吧，我来点。

援朝家

援朝：家燕刚经营不到两年的工作室突然想要卖掉，然后去洛杉矶。

方菲：为什么？

援朝：家燕说查晓潮的姑姑在洛杉矶没有孩子，她希望帮助家燕一起照顾孩子们，强烈邀请。家燕答应了她的邀请，所以家燕准备卖掉她的工作室。

方菲：这样啊？

援朝：家燕想卖掉她的工作室，我想出300万买下来，希望你没有意见。

方菲：才300万？我希望你能以更高的价格收购，帮助家燕在洛杉矶安居创业。

援朝：方菲，你让我刮目相看。

方菲：为什么？难道我不够贤惠吗？我老公愿意帮助的人，我也愿意帮助。

援朝：我会在集团内讨论这个想法。希望我能说服大家用更高一些的价收购"木槿花"。主要的问题是"木槿花"的品牌刚刚创立，时间比较短，但前景会非常好。我们集团内的服装厂主要是为国外的品牌代工，集团一直想创立自己的品牌，但碍于没有人提出可行的方案。所以当家燕创立"木槿花"这个品牌时,我一直在关注在关心,如果她成功了,我会说服家燕将她的工作室并为我们集团的一部分。她的突然离去,让事情的进展显得有些匆忙。我已经看到了"木槿花"的远景,但重要的是我要能让集团管理层同我一样能看到"木槿花"的远景,看到高价收购"木槿花"的合理性,收购才可以顺利进行。

方菲:我也觉得"木槿花"很有远景。你是集团董事长又兼总经理,你的意见就是集团的意见,不是吗?

援朝:董事长总经理也要以理服众,不是吗?家燕同我说过,她注册"木槿花"这个商标时是按一般公司的做法,"木槿花"的商标覆盖了女生的全部的服饰,即从帽子到服装到鞋子,还有袜子。这样的话,凡是集团能生产的女生所能穿戴的服饰都可以使用"木槿花"这个商标。

方菲:一定可以收购成功的。

援朝:我自己也很期待。

中津集团会议室

会议间。

援朝:这是发展部做的一份非常详细的可行性研究报告,请大家看一下。这份报告是关于"木槿花"的现况、前景以及收购后给中津带来的效益。我们集团有两家衣厂,准备留一家为国外品牌代工,另外一家专门做"木槿花"。"木槿花"在收购后将成为我们自己的品牌。希望大家回去都看一下这份报告,下次开会,提出你们的意见。

60 天后

60 天后李援朝旗下的中津集团以 380 万元收购了"木槿花"。李援朝坚信"木槿花"会给中津带来可观的收益,而中津会让"木槿花"开遍全国各地。

同爸爸告别

爸爸:你走吧,孩子! 你可能是对天津水土不服。一路平安! 常回家看看!

家燕:谢谢爸爸! 会的! 请爸爸多保重!

爸爸:你和孩子们也要保重!

家燕:会的。谢谢爸爸!

同姐姐告别

电话中。

家卉:学识这两天在北京开会,我不知道你们的机票改时间了,我今天代一位请假的医生上班,我就不好意思请假了,所以家豪代表我们了。我和学识都祝福你! 记住天津永远是你的家。

家燕:谢谢姐姐!

家卉:一到就给个电话。

家燕:会的。

援朝赶去机场

家燕同孩子们今天离开天津经日本转机去洛杉矶,这个消息是方菲刚刚告诉援朝的,而家燕早几天告诉援朝她和孩子们买的机票是后天的,他还同家燕说要开车送她和孩子们去机场。听完方菲善意的"通知",援朝开车赶去张贵庄机场。

方菲看着空荡荡的家,画外音(方菲的声音):楚家燕走了,也带走了李援朝的心。未来,我到底该怎样生活呢?

方菲走到窗前,看着远处的城景,平静地说:一切随缘吧。

张贵庄机场

援朝赶到机场。在检票口,援朝远远地看着家燕和孩子们离去的背影,而家燕没有回头。

家豪来送妹妹。见妹妹和孩子们都经过检票口进去了,转身正要离开,却看到援朝站在送客人群的另一边,向前注视着鱼贯而进的乘客们的背影,于是走过去站在援朝的身旁,望着援朝望的方向,说:向我学习,好好过日子吧!

援朝:我也要去洛杉矶。

家豪:哥们,天津比洛杉矶好!

飞机上

家燕看着两个孩子睡着了,画外音(家燕的声音):去到一个无人熟识的地方,祝李二哥和方菲姐姐相敬相爱,一定要幸福哦!

结尾:

在洛杉矶的 Redondo Beach 海滩。

新宇和津津在沙滩上同其他孩子们 playing 沙滩排球。

家燕身着那晚在陵水渔村海边拉小提琴时穿着的那件白色长裙,赤脚站在洛杉矶 Redondo Beach 的沙滩上,家燕的脚指甲上的颜色涂的是大海的蓝色。家燕透过戴着的太阳镜望向远方,海风吹乱了家燕的长发,海边有些冷,家燕身上披的是晓潮的那件外套。

望着大海,家燕又想起了她坐在渔村的海边的岩石上靠着晓潮的肩膀,她与晓潮的那段对话:

晓潮:好久都不见你碰过琴了,想家了?

家燕:你知道的,天天都在想!

晓潮:我知道。

家燕的画外音:晓潮,你走以后,我特别怕看到大海。可是孩子们像你一样喜欢大海,喜欢与海有关的一切。他们传承了你的基因,为了你的孩子们,不,是为了我们的孩子们,我克服了许多,不再怕来到海边面对大海,我想这会是你的希望。在你的眼睛里,我是勇敢的坚强的海燕。你在我身边的时候,我们天天一起看大海,一起经历风雨,一起看雨后的彩虹。晓潮,我好想你!此时此刻你要是在我和孩子们的身边该有多好啊!人们都说,逝者安息,生者前行。可我只想说,晓潮,总有一天我们会在天堂见,希望那时你还记得我,还记得我最后一次拉小提琴的模样。

家燕的背影下,海风吹起了她的长发。舒伯特的《小夜曲》响起。

感 谢
ACKNOWLEDGEMENT

张慧老师应邀帮助设计本书中数学篇章之内容,衷心地感谢张慧老师对本书的贡献。